KB162999

Prince of genius rise worst kingdom ~YES,treason it will do~

토바 토오루
Toru Toba

Illustration
파루마로
Falmaro

그래,

개국하자

천재 왕자의
적자 국가
재생술

（원정 중에 사치지만……
여자로서 조금만 응석부릴게,
웨인）

©Falmaro

CONTENTS

Prince of genius rise worst kingdom

YES,treason it will do

제1장

그 이름은 웨인 살레마 아바레스트

3

제2장

전장에서 왕자는 고민한다

48

제3장

과유불급

98

제4장

심장

151

에필로그

226

천재 왕자의 적자 국가 재생술

Prince of genius rise worst kingdom ~YES,treason it will do~

토바 토오루
Toru Toba

Illustration

파루마로
Falmaro

✚ 제1장 그 이름은 웨인 살레마 아바레스트

　나트라 왕국 왕궁.

　두 남자가 석조 회랑을 걷고 있었다.

　남자들은 좋은 옷차림을 하고 있다. 걷는 동작에서도 품위가 느껴진다.

　그야 당연하다. 두 사람은 이 나트라 왕국에서 오랫동안 국왕을 모셔 온 가신이기 때문이다.

　문관과 무관. 각자 능력을 발휘하는 장소는 다르지만 같은 시기에 가신으로 등용된 두 사람은 죽이 맞아 때때로 이렇게 왕궁에서 얼굴을 맞대고 이야기꽃을 피우는 사이였다.

　하지만 지금, 오랫동안 만나지 못했던 친우와 걷고 있는데도 두 사람의 표정은 침통했다.

　그 이유가 서로 같다는 것을 두 사람은 알고 있었다.

　"폐하의 병세가…… 역시 좋지 않은 듯하네."

　문관 남성이 무거운 목소리로 중얼거렸다.

　무관 남성은 눈을 꼭 감고 한숨을 내쉰다.

　"요 몇 년간 대륙 전토에서 기후가 바뀌었으니 말일세. 태어날 때부터 몸이 약하셨던 폐하께는 부담이 컸는가……."

"하늘의 심기란 골치가 아프군. 우리 나라 말고도 요인이 쓰러져 혼란이 일어난 곳이 적지 않아."

"제국의 황제까지 쓰러졌다고 하니. 그 탓에 그쪽 궁정은 권모술수가 소용돌이치는 악귀의 소굴이 되었다고 들었네."

문관 남성이 코웃음을 쳤다.

"황제는 그 카리스마로 제국을 견인하고 있었던 모양이지만, 강한 빛일수록 꺼졌을 때의 어둠이 깊어지지. 하물며 후계자도 지명하지 않았다면야."

"우리와 비슷한 상황인가. 그러나 제국과는 달리 우리에게 희망이 있다고 한다면——."

그때 회랑 반대편에서 사람이 나타났다.

두 사람은 그 사람이 누구인지 알아보자마자 곧바로 길을 비키고 경례 자세를 취했다. 그들이 이 궁전에서 길을 양보하고 예를 갖추는 상대는 얼마 되지 않는다.

""안녕하십니까, 웨인 전하.""

두 사람이 나란히 인사를 하는 곳에 서 있는 사람은 종자를 데리고 있는 소년 한 명.

나트라 왕국 왕자, 웨인 살레마 아바레스트다.

"그래, 안녕한가."

연령은 열여섯. 아직 소년이라 해도 될 인물이다.

그러나 그는 바로 얼마 전에 섭정의 자리에 앉았다. 쓰러진 왕을 대신해 정무를 보기 위해서다.

"왜 그러지, 두 사람 다 표정이 어둡군. ……아버님 때문인가?"

웨인의 질문에 두 사람은 공손하게 대답했다.

"예, 통찰하신 대로입니다."

"송구합니다. 폐하의 용태가 좋지 않다고 들어……."

웨인이 "그런가." 하고 작게 끄덕이고 두 사람의 어깨에 손을 얹었다.

"걱정 마라. 내가 있다."

웨인의 힘 있는 말에 두 사람의 몸이 미미하게 떨렸다.

"그리고 나뿐만이 아니다. 나트라 왕국에는 오랫동안 아버님을 떠받쳐 온 가신들도 있지. 이 양쪽 바퀴가 하나의 목표를 향해 함께 달린다면 어떤 국난이라도 뛰어넘을 수 있을 것이다."

"전하……."

"말씀하시는 대로입니다."

고개를 끄덕이는 두 사람에게 웨인은 미소를 머금었다.

"아버님께서 회복에 전념하시기 위해서도, 우리가 한탄하고 있을 시간은 없다. 더욱 분발할 것을 기대하고 있겠네. 두 사람다."

""옛!""

"그럼 이만." 하고 웨인은 종자를 데리고 회랑을 걸어갔다.

그 뒷모습이 사라질 때까지 배웅한 후 두 사람은 깊은 감탄의 한숨을 내쉬었다.

"……역시, 저분이야말로 우리의 희망이군."

"그래. 어릴 때부터 재능의 편린이 엿보였네만, 제국 유학에서 돌아오신 이후로 멋지게 개화하셨어. 지금은 궁정의 혼란도

가라앉고 가신들이 전하 아래서 단결하고 있지."

"홋. 제국이 들으면 필시 부러워하겠지."

"그럼 그놈들이 더욱 이를 갈도록 우리가 함께 전하를 받쳐드려야겠군."

"그래, 물론이야."

두 사람은 서로 끄덕였다.

조금 전까지의 어두운 표정은 이미 어디에도 존재하지 않았다.

두 사람의 가슴속에는 왕국의 빛나는 미래의 모습이 확실하게 떠올라 있었다.

나트라 왕국 왕궁 중심에는 정무를 보기 위한 집무실이 있다.

그 중후한 문이 열리고 나타난 사람은 웨인과 그 종자였다. 원래는 국왕이 사용하는 방이지만 지금은 섭정인 그가 쓰고 있다.

"니님, 오늘 일정을 한 번 더."

서류가 쌓인 책상의 의자에 앉으며 웨인이 종자에게 물었다.

니님이라 불린 종자는 아름다운 소녀였다. 연령은 웨인과 비슷할까. 비쳐 보일 듯한 하얀색 머리카락과 불타는 듯한 붉은 눈동자가 특징적이다.

"오전은 보고서 확인과 의견서 재정(裁定)을. 중간에 오찬 모임을 하시고 오후에는 회담 세 건과 폐하를 문안하는 일정이 들어 있습니다."

"그럼 오전 중에 이 방을 찾아올 사람은 없는 거군?"

"네."

웨인은 "그렇군." 하고 작게 끄덕이고는,

"나라 팔아치우고 튀고 싶다아아아아아아아!"

힘껏 외쳤다.

"뭐가 '양쪽 바퀴가 하나의 목표를 향해 함께 달린다면' 이야! 거짓말이거든~! 이 나라의 문제는 그딴 걸로 해결 안 되거든~! 무~리~! 절대 무~리~거든~!"

"또 그런 소리나 하고."

갑자기 태도가 돌변한 주군이지만 니님은 동요하지 않고 허물없는 말투로 말했다.

"농담이라도 그런 말 하면 안 돼, 웨인."

"농담이라니 무슨 소리야, 니님! 난 진지하게 말하고 있다고!"

"그게 더 나빠."

"하아." 하고 한숨을 내쉬는 니님.

나트라 왕국의 차기 명군으로 존경받는 소년── 웨인 살레마 아바레스트.

그러나 그의 실체는 의무, 책임, 노력이라는 말을 몹시 싫어하는 잉여인간이었다.

"남들이 안 보면 금세 한심해진다니까…… 좀 똑 부러지게 해봐."

웨인의 본성을 아는 몇 안 되는 사람 중 하나가 이 니님 랄레이다.

지위는 웨인의 필두 보좌관으로 어린 시절부터 그를 모신 측근 중의 측근이다. 국정을 맡는 섭정 자리에 앉은 어린 왕태자의 보좌가 비슷한 나이의 어린 소녀라니. 상식적으로 생각하면 무슨 농담인가 싶을 일이지만, 그런 말을 입에 담는 자는 이 궁정에 없다.

그 이유는 그녀를 중용하는 왕태자의 심기를 거스르는 것이 두려운 것이 절반. 다른 절반은 니님이 지금까지 보좌로서 확실한 실적과 능력을 발휘하고 있기 때문이다.

아무리 지금 둘만 있고 소꿉친구라지만 왕태자인 웨인에게 이런 말투를 쓸 수 있는 것도 긴 시간 동안 키워 온 신뢰와 실적이 있어서다. ——애초에 그 두 가지가 있기 때문에 최근에는 쓴소리만 하게 되는 거지만.

그러나 웨인의 입에서 변변찮은 푸념이 튀어나오는 건 꼭 그의 기질만이 이유는 아니다.

"호옹? 뭐지뭐지, 뭡니까 그 우등생 티 내는 태도는?! 니님도 이 나라가 전체적으로 찢어지게 가난한 건 잘 알고 있잖아?!"

"찢어지게 가난하다니 말이 심해. ……인재가 조금 부족하고, 자원이 상당히 부족하고, 돈이 엄청 없는 것뿐이잖아."

"세간에는 그걸 찢어지게 가난하다고 하거든!"

나트라 왕국은 브노 대륙에 있는 국가 중 하나다.

인구 50만 명 정도의 소국이다. 대륙 최북단에 위치해 봄은 짧고 겨울이 길다. 게다가 국토의 대부분은 불모의 바위와 산이다.

역사는 있지만 자원은 빈약하고 제대로 된 산업도 없다. 명물이라면 설경 정도를 꼽을 수 있지만 멀리서 방문한 별난 여행자나 좋아하지, 왕국민 입장에서는 혹독한 겨울이 찾아온 것을 알리는 얄미운 하늘의 선물이다.

역사가 긴 것도 침략하는 이득이 적어 타국이 눈길을 주지 않았기 때문이다. 역대 군주가 대체로 현명했기에 간신히 지금까지 국가 체제를 유지했지만, 나쁘게 말하면 찰나에 날아가 버릴지도 모르는 약소국가다.

"내정에 손대려 해도 돈이 없어. 돈을 모으려 해도 산업이 없어. 다른 데서 뺏어오려 해도 군사력이 없어. 우수하고 건실한 인재는 입신양명을 노리고 다른 나라로 가! 심지어 대륙 각지에 불씨가 남아 있어서 언제 폭풍이 몰아칠지 모르는 상황에 아버지가 쓰러져서 내가 나라를 이끌어야 한다니 이게 말이냐아아아아아아진짜아아아아아아!"

그런고로 웨인의 이런 한탄에도 일리가 있다. 십대 중반의 소년이 짊어지기에는 다소 과중한 책무임은 틀림없다. 그렇다고 누가 대신할 수 있는 것도 아니지만.

"아아~. 왜 나는 이런 나라의 왕자로 태어난 거야. 좀 더 자원과 인재와 자금이 넘치는 나라에…… 아, 안 되지. 분명 침공당할 거야. 자원은 좀 깎는 느낌으로…… 인재도 너무 강하면 쿠데타가 일어날 것 같으니까 좀 약하게……."

"그래그래. 쓸데없는 소리 말고. 자, 일 시작하자."

니님은 구시렁구시렁 시원찮은 망상을 늘어놓는 웨인의 콧등에 서류를 밀어붙였다.

으어~ 하고 망자 같은 목소리를 내면서 웨인은 서류를 받아 훑어보고는 니님에게 다시 내밀었다.

"문제없어. 다음."

"……제대로 읽었어?"

"읽었지 그럼. 완전 읽었어. 니님의 몸무게가 늘었다고 쓰여 있……아야! 너, 왕자의 발을 밟다니 불경하잖아!"

"경의를 표하길 바란다면 좀 더 성실하게 해. 그리고 내 몸무게는 안 늘었거든."

"뭐~엉? 이것 봐라, 그럼 안 되지 니님! 완전 안 되지. 네 발소리가 달라진 걸 내가 알아채지 못할 줄 알았어? 굴곡이 적은 네 보디는 틀림없이 지난주보다 600그램 이상의 중량을 축적해서 앗바보야하지마내팔은그런방향으로안꺾으어어어어어어어?!"

"이대로 관절의 한계에 도전하는 것과 업무를 시작하는 것, 어느 쪽이 좋아?"

"어, 업무를 열심히 하겠습니다……!"

"좋아. 그리고 내 체중은 늘어나지 않았어. 알겠지?"

"뉘예~."

웨인의 엉덩이를 걷어차 일하게 시킬 수 있는 사람은 이 넓은 왕국에서 니님뿐이다.

"하~ 진짜 싫다. 나는 아무 귀찮은 일 없이 금화에 파묻혀서 니님을 놀리며 유유자적하게 살고 싶을 뿐인데, 왜 안 이루어지는 건지."

웨인이 책상에 푹 엎드린 채 넋두리를 하던 그때 누가 집무실 문을 노크했다.

웨인이 즉시 일어나는 동시에 문이 찰칵 열렸다. 나타난 사람은 한 소녀였다.

"오라버니, 계세요?"

연령은 웨인과 니님보다 조금 아래일까. 시원한 드레스를 입고 긴 흑발을 나부끼며 가벼운 발걸음으로 방에 들어온 소녀에게는 청초하다는 말이 잘 어울렸다.

그러면서도 이목구비는 웨인과 비슷한 분위기를 풍긴다. 그야 그럴 수밖에. 소녀의 이름은 플라냐 엘크 아바레스트. 웨인 살레마 아바레스트의 여동생——즉 나트라 왕국의 왕녀이다.

"——플라냐구나. 무슨 일이지?"

자못 근면하게 업무를 처리하고 있었다는 듯, 웨인은 등줄기를 쭉 편 채 서류에서 얼굴을 들었다.

"으음, 대단한 일은 아니에요. 그냥 최근에 오라버니가 바쁘셔서 별로 이야기를 못 했구나 싶어서요."

플라냐는 조금 미안한 듯, 그러면서도 어딘가 기대에 찬 눈빛을 보내며 말했다.

"……방해되나요?"

"설마."

웨인은 미소 지었다.

"여동생의 방문을 귀찮아하는 생각하는 오라비가 있다면 태어날 순서를 착각한 것이겠지. 이리 오렴."

플라냐의 얼굴이 확 밝아졌다. 그리고 웨인의 옆으로 달려오더니 그의 무릎에 휙 뛰어올랐다.

"어이쿠…… 플라냐, 이리 오라고는 했지만 이건 좀 조심성이 없구나."

"안 그래요. 옛날부터 여기가 내 특등석인걸요."

그렇게 말하고 플라냐는 볼을 웨인의 가슴에 비볐다. 작은 동물이 어리광부리는 듯한 동작이다.

무심결에 웨인의 얼굴이 풀어졌지만 플라냐의 시선이 향하자 곧바로 딱 표정을 가다듬었다. 곁에 있던 니님어 종이에 사각사각 글씨를 써서 웨인에게만 보이도록 들었다.

「시스터 콤플렉스.」

「냅둬.」

웨인도 글자로 대답하자 플라냐가 어리둥절해서 고개를 갸웃한다.

"오라버니, 왜 그러세요?"

"아니, 아무것도 아니다. 다만 그래, 어딘가의 누구에 비해 플라냐는 아직 가볍구나 싶어서 말이야."

"오라버니도 참. 남의 몸무게를 비교하는 건 실례예요."

"하하, 미안하구나."

그렇게 말하면서 웨인은 니님을 보았다.

「나중에 목을 비틀어 주겠어.」

못 본 걸로 했다.

"하지만 다행이에요."

플라냐가 안도의 한숨을 흘렸다.

"열심히 일하는 오라버니를 방해해서 혼나지 않을지 불안했어요."

"……."

"오라버니?"

"아니, 뭐, 응, 열심히 일하고 있지. 그렇지, 니님?"

"물론입니다. ──지금도 준비해 놓은 업무로는 부족하다며 이렇게 추가 업무를 요구하셨을 정도니까요."

그렇게 말하고 니님은 어디선가 꺼내 온 산더미 같은 서류를 책상에 놓았다.

"섭정으로서 완벽하게 임하려 하시는 전하의 자세, 이 니님은 마음 깊이 감복하고 있습니다."

"어머. 과연 오라버니예요."

"……그렇지?! 왕자로서 당연한 일이니까!"

'이런 젠장'이라는 시선을 니님에게 보내면서 웨인은 억지로 웃었다. 물론 니님은 시치미를 뚝 뗀 얼굴이다.

"하지만 그럼 당분간은 오라버니에게 휴식이 없을 것 같네요."

"그렇지. 가신들의 협력으로 궁정은 거의 장악했지만, 아직 국내의 혼란이 가라앉지 않았어. 그걸 처리할 때까지는 바쁜 나날이 이어질 것 같아. ……정말 미안하구나, 사실은 놀아 주고 싶은데."

"오라버니가 사과할 이유는 전혀 없어요."

고개를 휙휙 젓고 나서 플라냐는 불안한 듯이 속삭였다.

"하지만 무리는 하지 마셨으면 좋겠어요. 혹시나 오라버니가 아바마마처럼 쓰러지시면…… 저는 할 수 있는 일이 아무것도 없고……."

"걱정 마라, 이래 봬도 나는 끈질기단다. 그리고 플라냐가 아무것도 못 한다는 말도 틀렸어."

"……저도 뭔가 할 수 있나요?"

"어려운 건 아니야. 웃는 얼굴로 있어 주면 된단다."

웨인이 플라냐의 볼을 손가락으로 쿡 찔렀다.

"플라냐가 밝게 웃어 주는 것만으로도 나도 아바마마도 기운이 난단다. 이건 플라냐밖에 못 하는 일이야."

"……정말요?"

"물론. 내가 거짓말을 한 적이…… 그럭저럭…… 아니 꽤…… 응, 아무튼, 이것만큼은 진짜다."

"그럼…… 이렇게?"

플라냐가 생긋 하고 웃음을 지었다. 웨인은 만족스럽게 고개를 끄덕였다.

"상당히 기운이 났다. 하지만 그렇지, 거기에다 안아 주기까지 하면 더욱 기운이 날 것 같구나."

"후후, 오라버니도 참. 에잇."

플라냐가 쿡쿡 웃으며 웨인의 몸을 끌어안았다.

©Falmaro

"이러면 어때요?"

"그래, 이거라면 오후의 업무를 해낼 수 있을 것 같아. 특히 오늘은 중요한 승부가 있는데 플라냐 덕분에 살았어."

"다행이에요. ……그런데, 중요한 승부라뇨?"

끌어안으면서 고개를 갸웃하는 플라냐에게 웨인은 말했다.

"제국 대사와의 회담이야."

어스월드 제국은 브노 대륙 동부에 있는 큰 국가이다.

축복받은 기후와 비옥한 토지. 광물자원도 풍부하고 대륙에서도 1, 2위를 다투는 거대한 호수를 품고 있어 수산업도 성행한다. 나라가 부유해지는 거의 모든 요소를 갖춘 나라로, 그런 탓에 건국 이래 몇 번이나 타국으로부터 침략을 받아온 나라이기도 하다.

그들을 물리치기 위해 제국은 자연히 군사에 힘을 기울여, 정신을 차리고 보니 대륙에서 유일한 군사국가가 되어 있었다. 그리고 이번 황제 대가 되자 그 군사력을 배경으로 이웃나라를 연달아 점령해 나갔다.

제국의 기세는 흡사 파죽지세와도 같아, 역사상 단 한 번도 성립하지 못했던 대륙 통일을 이루는 것이 아닌가 생각될 정도였다.

황제가 쓰러진 그날까지는 말이다.

"──이상이 웨인 살레마 아바레스트 왕태자의 정보입니다."

"수고했다."

보좌관이 마무리를 짓자 배정받은 저택의 한 방에서 피시 블런델은 작게 한숨을 쉬었다.

연령은 20대 중반쯤일까. 흐르는 듯한 금발이 특징인 아름다운 여성이다.

하지만 피시는 아름답기만 한 인물이 아니다. 그녀는 제국에서 파견된 나트라 왕국 주재 대사이기 때문이다.

"소문대로 인덕이 넘치는 차기 성군이라는 말이군."

"예, 안팎으로 나트라 왕국 차기 국왕으로 인정받고 있습니다. 섭정에 취임할 때도 반발은 거의 없었던 듯합니다."

"우리 제국은 발칵 뒤집혀 난리가 났었는데, 부러운 일이야. 하지만 그런 만큼 지금까지 인맥을 만들어 놓지 못한 게 아쉽네."

"어쩔 수 없습니다. 대사 부임과 왕태자의 유학 시기가 겹쳤으니까요."

피시가 나트라 왕국에 부임한 지는 몇 년 되지 않았다. 끈질긴 교섭으로 국왕과는 그럭저럭 서로 대화를 나누는 관계를 구축할 수 있었지만 상황은 일변하고 말았다.

"오늘 회담에서 왕태자가 어떻게 나올까요?"

"세상 돌아가는 이야기로 끝……나지는 않겠지. 주둔하고 있는 제국군에 관해 언급하리란 건 틀림없어."

현재 나트라 왕국에는 제국군이 5천 명 정도 주둔하고 있다. 이것은 왕국과 교섭한 결과 정식으로 허가받은 일이었지만 타국 군대를 두는 것에 나트라 왕국 내에서 불안과 반발이 있다는 것을 피시 측은 알고 있었다.

"군 철수를 요구할까요?"

"글쎄. 하지만 이 회담에서 정보에 나오지 않은 그의 사람됨을…… 그리고 진정한 왕의 자질을 가졌는지를 적잖이 볼 수 있겠지. 뭐, 플람 사람을 데리고 있는 시점에서 특이한 사람이긴 하겠지만."

"니님 랄레이 말씀입니까."

"그래. 이 나라에 플람 사람이 많이 산다는 건 알고 있었지만, 설마 제국 말고도 가신으로 등용한 나라가 있을 줄이야. 놀랐어."

"정말 그렇습니다. 심지어 그들을 받아들인 역사는 제국보다 훨씬 오래됐다고 합니다. 서쪽 나라에서는 노예 계급인 그들을 사람으로 취급하는 이 나라를 기이하게 보겠지요."

"우리 제국이 대륙을 통일하는 날에는 그런 하찮은 가치관이 사라질 거야. ……슬슬 회담 시간이군."

피시는 일어섰다. 웨인과 간단한 인사야 나누었지만 이렇게 정식으로 대화의 장을 마련한 것은 처음이다.

"본국에서 보낸 정보가 옳다면 제국의 정체 상황도 곧 끝날 거야. 그때를 위해서라도 반드시 주둔을 유지하겠어."

피시는 굳은 결의와 함께 회담장으로 향했다.

"피시 블런델은 원래 반헬리오에 파견되었던 대사입니다."

궁정 회랑을 걸어가며 니님은 앞서가는 웨인을 향해 회담 상대의 정보를 알렸다.

"반헬리오라면 서쪽의 대국이지? 그런데 어쩌다 이 나라에 왔을까?"

남들 보는 눈도 있는 회랑이라서 두 사람의 말투는 주종의 말투였다. 하지만 그 정도 전환은 서로 이미 익숙하다.

"본국의 정쟁에 휘말린 듯합니다. 그리고 전하의 제국 유학과 엇갈리듯이 나트라 왕국에 왔습니다. 출세 가도에서 벗어났지만 상당한 엘리트인 듯합니다."

"그렇다면 나트라의 시골 생활은 지루하겠군."

"그것이, 본인은 의외로 만끽하고 있는 듯합니다. 중앙 정치에 관련되는 건 이제 지긋지긋하다고 항상 말한다던가요."

웨인은 쓴웃음을 지었다.

"과연. 사정이 어떻든 타국의 백성이 우리 나라를 좋아해 주는 건 기쁜 일이야. ……하지만 그렇게 우수한 인물이라면 회담이 쉽게 풀리지는 않겠군."

"당면한 문제라면 역시 주둔 제국군입니다만…… 어려운 부분이지요."

'그래, 그게 문제야~.' 하고 웨인은 마음속으로 한숨을 쉬었다.

애초에 왜 나트라 왕국에 제국군이 주둔하고 있는가?

명목상으로는 군사 훈련을 위해 땅을 빌리고 있다고 하지만,

물론 이것은 진짜 목적이 아니다.

그럼 어째서인가 하면 몇 가지 요인이 있는데, 여기를 파고들어 보면 나트라 왕국의 미묘한 입지에 도달한다.

먼저 대충 타원형을 상상해 주기 바란다. 그것이 브노 대륙이다.

그리고 거인의 등뼈라 불리는 긴 산맥이 대륙을 딱 두 개로 나누듯이 북쪽에서 남쪽으로 뻗어 있다. 이 산맥이라는 장벽에 동서가 분단되어 동쪽과 서쪽은 국가 체제, 인종, 사상, 문화가 크게 다른 것이 현실이다.

물론 왕래하지 못하는 것은 아니다. 아득한 옛날이라면 모를까 지금은 정비된 길도 많이 있다. 있지만── 어디까지나 개인이나 행상인이 이용하는 길이다.

그런 길들을 정맥이라고 표현한다면, 천이나 만의 군대가 왕래하는 길은 동맥이다. 그 숫자는 정맥보다 적고 당연히 교역 면에서도 군사 면에서도 동맥을 확보하는 것은 커다란 가치를 지닌다. 특히 대륙의 패권을 노리는 나라에는 필수라 해도 좋다.

그리고 무엇을 숨기랴, 나트라 왕국은 대륙 최북단에 있는 동맥 위에 만들어진 나라인 것이다.

대륙 통일을 노리는 제국이 내버려 둘 장소가 아니었다.

'어떻게 할까.'

제국군이 주둔하면서 적지 않은 대금이 나트라에 지불되고 있다. 그들은 결코 일방적으로 눌러앉아 있는 것이 아니다. 하지만 그래도 역시 타국 군대가 바로 근처에 있으면 목젖에 칼이 들이밀어진 거나 다름없다. 백성은 불안해하고 왕국군도 좋게 생각하지 않는다.

아니, 좀 더 직접적으로 말하면 나트라 왕국의 군부는 웨인이 섭정에 취임한 것을 계기로 제국군을 철수시키기를 기대하고 있었다.

군부의 마음을 이해할 수 없는 것도 아니다. 국방에 대한 우려도 있고 체통 문제도 있으리라. 하지만 웨인에게는 쉽게 그들의 희망대로 움직일 수 없는 이유가 있었다.

그 이유인즉슨,

'솔직히 제국에 알랑거리고 싶어!'

라는 것이다.

'그런 대국을 거슬러 봤자 귀찮을 뿐이고, 주둔 대금도 솔직히 도움이 많이 돼. 나로선 계약 지속에 아무런 이의도 없단 말이지이…….'

웨인은 유학파이기도 했기에 제국에 조예가 깊어서 국력 차이를 사무치게 알고 있었다.

그렇다고 이대로 군부의 기대에 퇴짜를 놓는 것도 문제다.

'섭정 취임이 순조로웠던 건 그만큼 가신들이 나에게 기대하는 것이 있었기 때문이야. 취임하자마자 제국에 꼬리를 흔들어 실망시키면 앞으로 일하기 힘들어. 특히 무관들이 등을 돌리면 쿠데타가 일어날 가능성도 있고.'

이쪽 손을 들어주면 저쪽이 실망한다.

그 사이에 끼어 옴짝달싹 못하는 상황에 웨인이 신음하고 있는데 문득 곁에서 걷고 있어야 할 니님의 모습이 사라진 것을 깨달았다.

"니님?"

"──실례했습니다."

이름을 부르자 그림자에서 니님이 모습을 드러냈다.

"방금 제국의 밀정에게서 보고가 왔습니다."

"보고……?"

니님은 서한을 내밀었다. 웨인은 그것을 받아 내용을 확인해 보았다.

"……호오."

웨인이 한쪽 눈썹을 치켜 올렸다.

"이 정보는 틀림없이 대사 측에서도 쥐고 있겠지……. 그렇다면……."

그리고 잠시 그 자리에서 눈을 감고 있다가 갑자기 걷기 시작했다.

"가자, 니님. 방침은 결정됐다."

"예…… 그런데 어떤 방침인지요?"

"당연히,"

웨인이 씨익 웃었다.

"독식하는 거다."

"오랜만입니다, 섭정 전하."

응접실에 도착한 웨인과 니님을 맞이한 사람은 먼저 와 기다리고 있던 피시 블런델과 그 보좌관이었다.

"이미 한 번 인사는 드렸지만 다시 인사드리겠습니다. 어스월드 제국 대사 피시 블런델입니다."

"나트라 왕국 왕자, 웨인 살레마 아바레스트일세."

서로 이름을 대고 자리에 앉는다. 말문을 튼 것은 피시 쪽이었다.

"오늘은 시간을 내주셔서 감사합니다. 전하께서 섭정에 취임하신 것을 진심으로 축하드립니다. 황공하게도 국왕 폐하의 용태가 좋지 않으시어 왕국에 비탄이 퍼지고 있다는 것을 통감했습니다. 그러한데 이번 일은 그야말로 암운에 한 줄기 빛이 드리운 것이라 생각합니다."

"고맙네, 블런델 대사. 나도 이 어깨에 수많은 기대가 걸려 있다는 걸 느끼고 있네. 그 기대를 배신하지 않도록 노력할 생각일세. 우리 나트라와 어스월드의 우호를 위해서도 서로 협력할 수 있기를 바라네."

"물론입니다, 섭정 전하."

회담은 온화하게 시작되었다.

웨인과 피시는 두서없는 대화를 나누었다. 그러면서도 한쪽은 국가원수 대행으로서, 한쪽은 대국에서 파견된 대사로서 서로 마주한 상대의 그릇을 재고 사람됨을 확인하는 것이다. 그것은 일종의 공동 작업이라 할 수 있다.

그러나 동시에 팽팽한 긴장감이 계속 방에 떠도는 것을 이 자리에 있는 모두가 느끼고 있었다.

그들은 알고 있다. 이 공동 작업 동안 얼마나 상대와 차이를 벌리는지가 이 뒤에 기다리고 있는 본제에 크게 영향을 준다는 것을.

'……과연, 이 깊은 속내는 진짜배기로군.'

웨인과 말을 나누면서 피시는 빠르게 그가 방심할 수 없는 상대라는 것을 파악했다.

'젊고 경험이 부족한 인간은 덮어놓고 조급하게 결과를 추구하려 하지……. 하지만 이자에겐 그런 초조함이 전혀 없어. 왕태자라는 지위를 내세우지도 않고, 이렇게 같은 높이에 앉는 것도 여유의 표현이지. 섭정 자리에 앉은 지 얼마 안 됐는데도 관록마저 느껴져.'

이쪽의 탐색을 가볍게 흘리지만 그걸 역이용해서 덤벼들지도 않고 여유롭게 행동한다. 속을 알 수 없는 상대다. 최소한 자신이 그와 같은 나이였을 때는 이만한 깊이를 가지고 있지 않았다.

'진심으로 덤비지 않으면 주도권을 빼앗기겠어…….'

피시는 경계심을 끌어올리며 정신을 바짝 차렸다.

피시가 이렇게 생각하는 한편, 웨인 또한 강한 확신에 이르러 있었다.

'이 사람 가슴 진짜 크다…….'

완전히 저질이다.

'전에 인사했을 때는 바빠서 몰랐는데 상당한 대물이야……. 그냥 지방덩어리일 뿐인데 관록마저 느껴져. 이것도 부유한 제국의 사람이기 때문인가. 그에 비해…….'

웨인은 흘끗 자리 뒤로 물러나 있는 니님을 보았다. 구체적으로는 그 소박한 가슴 부분을.

'……전력 차이는 분명하군.'

푹, 니님이 쥐고 있던 깃펜이 뒤통수에 박혔다.

'윽……!'

"전하?"

"아니, 약간 두통이. 다망하다는 핑계로 수면 시간을 줄이는 것은 역시 좋지 않은 듯하군."

황급히 말을 꾸며내는데 니님이 뒤에서 서류를 내밀었다. 구석에 「똑바로 하세요.」라고 적혀 있었다.

어떻게 생각을 들켰을까. 여자의 감은 무섭다는 걸 느끼고 있는데 피시가 웃으면서 말했다.

"──아무튼, 어깨의 짐이 내려간 기분입니다. 사실을 말하자면 이 회담이 시작될 때까지는 전하와 좋은 관계를 쌓을 수 있을지 불안했는데, 이렇게 대화를 나눠 보니 기우였다고 확신했습니다."

"대사가 그리 말해 주니 나도 고맙군. 제국과의 우의가 강고하다고 확신할 수 있다면 내 고민도 조금은 풀릴 것이네."

"아니, 이런. 역시 국정을 짊어지게 되면 고민이 끊이지 않는 법입니까?”

“마치 바다를 다 마셔 없애려 하고 있는 듯한 기분이네. 백성의 생활, 타국과 제후와의 관계, 군의 훈련도, 재원, 산업……생각할 일이 무진장 많지.”

“……그중에.”

피시의 눈이 날카롭게 빛났다.

“주둔 제국군에 관한 것도 포함되어 있을는지요.”

공기가 바짝 긴장되었다.

전초전은 끝나고 본게임이 시작된다.

‘자, 어떻게 대응할까?’

피시가 방심하지 않고 쳐다보는 가운데 웨인이 입을 열었다.

“나는 제국과의 관계 유지를 첫 번째로 생각하고 있네.”

“그렇다면.”

“그러나.”

말을 자르며 웨인이 계속했다.

“군의 인사들이 타국 군대를 우리 영토에 두는 현 상황에 강한 우려를 품고 있는 것도 사실이야.”

웨인의 말에 피시는 동요하지 않았다.

여기까지는 상정한 범위 내이다. 제국의 체면을 세워 주면서 군부에도 좋게 보이고 싶다. 그러기 위해 이쪽에서 무언가——아마도 자금이나 물자——양보를 이끌어낸다. 그 정도일 거라 예견하고 준비도 해 두었다.

©Falmaro

그렇기 때문에 피시는 웨인이 다음에 한 말에 다소 당황하고 말았다.

"그래서, 나는 그 우려를 없애야 한다고 생각하고 있네."

"네…… 없앤다는, 말씀입니까?"

"그렇지. 조금 전에도 말했던 대로 나는 제국과의 관계 유지를 중시하고 있네. 그렇기에 제국군과 우리 나트라 왕국군의 골을 메워야 하네. 그렇지 않은가?"

"……말씀하시는 대로입니다."

'난감한데.' 하고 피시는 생각했다. 명백하게 의도를 가지고 유도하려 들고 있지만, 그 의도에 사고가 따라가지 못해 상대방에게 주도권이 넘어갔다. 하지만 지금은 되돌릴 수 있는 타이밍이 아니다.

"그래서 나는 이 기회에 왕국군을 재편하려고 계획하고 있네."

"군 재편 말씀이십니까……?"

"부끄러운 이야기네만 우리 군은 결코 우수하지 않네. 일단 실전 경험이 거의 없으니 말이야. 그리고 그 미숙함과 무지가 바로 제국군과 알력을 낳고 상호간의 이해를 방해하고 있어."

"재편으로 그것을 없애려 하신다는 말씀이신지요."

"그 말대로네. 또다시 부끄러운 얘기네만, 그저 왕국군 내에서만 고친다면 진보도 변화도 생겨나지 않을 거야. 게다가 실행할 자금도 부족하네."

웨인은 씨익 웃었다.

"그래서 말인데, 블런델 대사. ──우리 왕국군에 제국군의 노하우와 자금을 제공해 주지 않겠나?"

  웨인의 이 말에는 피시뿐만 아니라 보좌관과 니님까지도 눈을 부릅떴다.

  '무슨 말도 안 되는 소리! 그런 요구를 받아들일 리가 없잖아!'

  보좌관이 마음속으로 소리를 지르는 한편, 니님은 미간에 주름을 잡았다.

  '우리 왕국군을 너희 제국의 노하우로 단련시켜 줘. 그러기 위한 돈도 제국이 내줘, 라니…… 바가지를 씌우는 데도 정도가 있지. 아니면 여기서부터 서서히 요구를 낮춰 갈 생각인가?'

  두 사람은 무심결에 회의적인 시선을 웨인에게 보냈다.

  하지만 웨인은 아랑곳하지 않았다. 그것은 자신의 제안이 결코 무모하지 않다고 확신하고 있는 모습이었고―― 실제로 대면하고 있는 피시의 반응은 두 사람과 달랐다.

  "……정말로 그렇게 해서 알력이 해소되겠습니까?"

  "제국이 그만한 성의를 보여 준다면, 아무리 무인 가문의 인간이라도 마음에 울리는 것이 있겠지. 그리고 나도 갈등 해소를 위해 진력할 생각이네."

  "…………."

  피시가 깊이 침묵한다. 그 머릿속에 맹렬히 사고가 돌아가고 있는 것은 말할 필요도 없었고, 세 사람의 시선이 모여든 속에서 이윽고 피시가 입을 열었다.

"알겠습니다. 세부 조건은 이제부터 정하기로 하고…… 전하의 제안을 받아들이지요."

"고맙네, 대사. 그대라면 이해해 줄 거라 생각하고 있었네."

니님과 보좌관이 놀라는 가운데 두 사람은 굳게 악수를 나누었다.

◆ ◇ ◆

"피~곤~해~!"

날도 저물어 달이 뜬 밤.

섭정의 업무를 마친 웨인은 침실에 도착하자마자 침대에 쓰러졌다.

"아~ 싫다, 이제 싫어. 왜 섭정은 이렇게 바쁜 거야. 이렇게 되면 내일은 휴일로 하자. 덤으로 모레도 글피도."

"당연히 안 되지."

침대 위에서 데굴데굴 굴러다니는 웨인을 보면서 니님은 한숨을 쉬었다.

"그보다 웨인, 묻고 싶은 게 있는데."

"안됐지만 오늘의 업무는 종료되었습니다~. 나는 이제 잘 거니까 니님도 방에 돌아가서 쉬세요~."

"잠깐이면 돼."

"……꼭 해야 돼?"

"꼭 해야 돼."

웨인이 흠 하고 중얼거렸다.

"그럼 잠들 때까지 어미에 냥을 붙여주면 말할게."

"……."

"이봐이봐이봐~! 왜 그러지 니님냥~?! 네 호기심은 그 정도 부끄러움도 극복할 수 없는 거냥~?!"

"……알았다냥."

"으으으응~?! 안 들리잖냥~! 좀 더 큰 소리로 말 안하면 곤란해냐아아아내팔이이상한방향으로!"

"너무 까불지 마라냥."

"죄, 죄송했습니다냥……."

그리고 처음으로 돌아가서 웨인이 말했다.

"그래서, 왜 그 가슴이 내 제안을 받아들였냥 이거지?"

"가슴이라니…… 뭐 맞아."

"냥."

"……맞다냥."

니님의 항의의 시선을 받아넘기면서 웨인이 말했다.

"회담 전에 도착한, 제국에서 온 보고를 기억해?"

"응? 그래, 물론. —— '어스월드 제국 황제에게 쾌유의 조짐 있음' 이었지?"

"그게 이유야."

"무슨 뜻이야? ……냥."

웨인은 상체를 일으켰다.

"잘 들어. 우리 나트라는 동서를 잇는 출입구 중 한 곳에 위치하고 있지만 사실 이 길은 다른 곳과 비교하면 빈약하고 쓰기 불편해서 우선도가 낮아. 그래서 다른 길을 차지할 때까지 우리 나라를 다른 나라에 빼앗기지 않도록 파견된 게 제국군 병사 5천이지. 그리고 순서가 돌아오면 우리 나라는 무력이나 외교로 제국의 속국이 될…… 거였어."

"황제가 쓰러진 탓에 계획이 무너졌구나."

"그래. 궁정은 어지러워지고, 함락한 나라를 통치하는 데 실패하고, 각지에서 반란의 불씨가 타오르기 시작했어. 그에 대처하기 위해서 우리 나트라 같은 약소국을 상대로도 우호관계를 쌓아서 시간을 벌 필요가 있었지."

"하지만 그 황제가 쾌유했어. ……모르겠네, 더더욱 이 타이밍에 나트라 왕국군 재편을 도와줄 필요가 없잖아. 굳이 적을 강하게 만들어서 어쩌려는 거지. 아니면 조금 강해졌다 해도 금방 함락할 수 있다고 생각하고 있는 걸까……냥."

웨인은 고개를 끄덕였다.

"최악의 경우 그렇게 돼도 무력 제압이 가능하다고 생각하고 있겠지. 하지만 저쪽의 노림수는 그게 아냐. 제국에게 나트라는 발판일 뿐, 목적은 어디까지나 서쪽으로 진출하는 거야. 여기서 생각해 보자. 대륙 제압을 위해 나라가 대량으로 준비해야 하는 것은 뭘까?"

"뭐냐니, 자금과 식량과 장비, 그리고……."

거기까지 말했을 때 니님은 퍼뜩 눈을 크게 떴다.

설마 하는 표정으로 웨인에게 시선을 보내자 그는 씨익 웃었
다.

"그래, 피시 블런델의 목적은——."

◆ ◇ ◆

"나트라 병사를 미래에 제국 병사로 편입시킨다고요……?!"

"그래, 그 말대로야."

웨인과 니님이 대화하는 것과 같은 시각.

거처로 사용하고 있는 저택의 한 방에서 피시는 보좌관의 말
을 긍정했다.

"황제 폐하가 쾌차하셨다는 기쁜 소식은 자네도 들었겠지?
답보 상태였던 서진 정책도 이제 움직이기 시작할 거야. 그때
정예병은 많으면 많을수록 좋아."

"……."

"언뜻 보기에 이번 거래는 우리 제국만 부담을 지는 것처럼 보
일 거야. 하지만 머지않아 이 나라가 제국령이 되면 군사 훈련
도 자금 출자도 선행 투자한 게 되잖아? 우리에게 손해는 없다
는 뜻이야."

"기다려 주십시오, 그 전제에 의문이 있습니다."

보좌관이 목소리를 높였다.

"나트라가 제국에 이빨을 들이대지 않으리라는 보장이 어디
있습니까?"

그 의문은 타당하지만 피시는 이미 대답을 가지고 있었다.

"왕자가 제국에 맞설 일은 없어. 오늘 그의 제안이 바로 그 사실을 증명하고 있어. 생각해 봐. 만약 나트라 병사가 제국 병사와 동등한 역량이 되었다고 해도, 제국이 질 거라 생각해?"

"그건…… 불가능하지요. 국력이 너무 다릅니다."

"그 말대로야. 그건 왕자도 당연히 알고 있을 거야. 그럼 오늘 한 제안의 의미는? 단지 자국 군부의 기분 맞추기? 아니, 그렇게 얄은 생각이 아니야. 이건 나트라 왕국민을 지키기 위한 통렬한 한 수였던 거야."

"무슨 뜻인지요?"

"왕태자는 아마도 황제 폐하의 쾌유를 알고 있었겠지. 그리고 당연히 우리와 마찬가지로 제국의 서진 정책이 진행될 것을 예견하고 생각한 거야. 제국은 나트라를 어떻게 할 것인가? 무력으로 정복할지, 외교로 항복시킬지의 두 선택지가 있지. 내버려둘 리는 절대 없고, 어느 쪽이든 왕국의 역사는 끝나. 그렇다면 그가 바라는 건 어느 쪽 결말일까?"

보좌관의 눈이 크게 뜨였다.

"그 제안의 목적은 자기 나라의 무력 제압 가능성을 멀리하는 것이었군요……?!"

"그래. 사실 지금의 나트라는 제국이 언제든 처리할 수 있는 소국이지. 공적을 바라는 고관이 무력 제압을 주장하면 그대로 통과될 수도 있어. 하지만 이곳에 미래의 제국 병사가 있다면 이야기가 달라지지."

"틀림없이 외교로 따르게 하는 방법을 가장 먼저 취하겠지요……. 그걸 왕태자가 받아들이면 나트라 왕국민이 쓸데없이 피를 흘릴 일이 없습니다. 게다가 무력 제압이 없으면 양국 간의 감정 마찰도 매우 적어질 겁니다."

"대외적으로는 제국을 상대로 일방적으로 이익을 얻어 자신의 수완을 어필하고 지금의 임시정권을 안정시킨다. 거기에 제국에 삼켜질 미래를 내다보고 온건하게 정착시킬 수 있도록 준비한다. ……훌륭한 작전이야."

정말 감탄할 수밖에 없었다. 회의에서 느꼈던 깊은 속내. 그리고 이런 책략을 궁리해 내는 지략. 그럼에도 아직 16세라니 장래가 두렵다.

나트라 왕국이 병합된 후 그자가 어떤 길을 걸을지는 모르겠지만── 만약 살아서 하야한다면 꼭 제국으로 맞이하고 싶다.

하지만 그렇게 감탄하면서도 피시에게는 한 가지 우려가 있었다.

'……정말로, 그자의 노림수는 이것뿐인 걸까.'

보좌관에게 말한 대로 오늘 회의에서는 그의 제안에 실리가 있다는 것을 깨닫고 받아들였다.

하지만 그 깨달음을 웨인은 처음부터 예상하고 있었을 테니, 지금의 흐름은 틀림없이 그가 생각한 대로 나아가고 있다. 그렇다면 이 흐름 속에 다른 함정을 깔아 놓지는 않았을까.

'거래의 세부 내용을 결정하는 단계에서 모든 허점은 없앴어. 함정을 파는 건 불가능해…… 그럴 거야.'

하지만 만약.

만약에 웨인 살레마 아바레스트라는 인물이 자신의 상상보다 더 깊고 넓은 시야를 가지고 있다면.

'인정할 수밖에 없겠지⋯⋯. 그자의 기량이 진짜라는 것을.'

완전히 버릴 수 없는 가능성을 생각하며 피시는 웨인의 모습을 뇌리에 떠올렸다.

◆ ◇ ◆

"뭐, 함정 같은 건 없지만!"

"갑자기 무슨 소리야?"

"아니, 지금쯤 저쪽은 의심에 사로잡히지 않았을까 해서."

의아해하는 니님에게 신경 쓰지 말라며 웨인이 말했다.

"아무튼 이제 알았겠지? 왜 저쪽이 조건을 받아들였는지."

"⋯⋯이해했어."

"하지만 납득하진 못했다는 얼굴이군."

"당연하잖아."

불만을 노골적으로 드러내며 니님이 말했다.

"제국에게서 지원을 이끌어내는 데 성공해도 그 끝이 국가의 종언이라는 얘길 들은 거라고."

그리고 니님은 주저하는 기색으로 입을 열었다.

"⋯⋯정말 나라를 내줄 생각이야?"

"당연히 그럴 생각이야. ⋯⋯이봐잠깐내팔관절을꺾으려고

하지마."

무언으로 팔을 잡으려는 니님을 막는다.

"니님도 내가 제국에 유학할 때 같이 갔으니까 알 거 아냐. 제
국과는 어이없을 정도로 국력이 차이 나고, 거역해 봐야 쓸데없
이 피를 흘릴 뿐이야. 게다가 유학 중에 제국의 통치를 보고 돌
아다녔는데 그렇게 나쁘지 않았잖아? 이 나라가 제국령이 되어
도 혼란은 처음뿐이고 금방 익숙해질 거야."

"……본심은?"

"이제 귀찮은 자리와 작별이다끼얏호오오오오아아아아아팔
이팔이팔이?!"

"웨인은 할 수 있잖아. 제국을 상대로 교묘하게 처신할 수도
있는데."

"싫어. 귀찮아. ……우오오오오오오팔이꺾여선안되는방향
으로!"

그대로 한바탕 웨인이 비명을 지른 후, 니님은 포기한 듯이 웨
인에게서 떨어졌다. 그녀의 등을 향해 그가 말했다.

"그렇게 싫으면 반역할래? 나를 죽이면 이번 이야기는 백지
로 돌아갈 거야. 어때, 나의 심장이여."

"……심장이 그런 짓을 할 리가 없잖아."

아무리 불만을 늘어놓든, 아무리 반대하든, 그래도 최후에 니
님이 웨인의 결정을 거스르는 일은 없다.

선조가 이 땅에 당도해 왕가를 모시기 시작한 날부터 그것은
결코 뒤집히지 않는 일족의 맹세이기에.

"그렇게 토라지지 마. 아쉬운 마음은 알겠지만 어떤 나라든 언젠가는 사라지는 법이야. 그게 우연히 우리 대였다는 거지."

"……왕국군은 정말 설득할 수 있겠어?"

"처음에는 싫은 얼굴을 하겠지만 지금은 때를 기다릴 때라고 말하고 제국이 얼마나 강한지 가르쳐 주면 거역할 마음 따윈 자연스럽게 꺾일 거야. 그리고 때가 오면 제국에 종속되고. 요지인 이 땅은 제국 사람이 통치할 테니까 나는 돈을 받아서 유유히 은거! 내가 짰지만 완벽한 계획이군!"

"……실패하면 좋을 텐데."

웨인은 웃었다.

"이런 사악한 계략이 내 주특기라는 걸 알잖아? 뭐 두고 봐. 그리고 니님."

"……냐앙."

"아주 좋아."

자신만만한 주군의 모습에 니님은 한층 깊게 한숨을 내쉬었다.

니님의 기대를 배반하고, 사태는 웨인의 생각대로 진행되었다.

제국의 지도를 받는다는 데 처음에는 반발이 있었지만 웨인의 교묘한 설득으로 예정대로 군 재편이 실행에 옮겨졌다.

그 결과는 극적이었다. 대륙에서도 굴지의 강함을 자랑하는 제국군의 병법을 도입하고 거기에 제국에서 가져온 윤택한 자금을 쏟아부은 왕국군은 순식간에 성장했다.

그리고 회담으로부터 3개월 후인 지금.

나트라 왕국군은 이전과는 비교도 안 될 정도로 정예 군대가 되어 있었다.

"이야~ 괴롭다 괴로워~! 생각대로 잘돼서 괴로운데~!"

당연하다 해야 할까, 이 눈에 띄는 변화에 웨인은 기분이 좋았다.

평소에 집무실에 있을 때는 불만이나 넋두리만 늘어놓던 웨인이 지금은 콧노래마저 튀어나올지 모를 기세다.

"확실히 왕국군 강화는 순조로워."

석연치 않은 얼굴이었지만 그의 옆에 서 있는 니님도 이 결과는 인정할 수밖에 없었다.

"하지만 흥분해서 방심했다간 발목이 잡힐지도 몰라."

"이것 봐 니님, 발목을 잡힌다니 이제 와서 어느 누구한테 말이야? 대륙이 뒤집힐 정도로 천재지변이 일어나지 않는 한 이제는 이미 노선이 정해졌어. 은거한 뒤에 뭘 할지 생각해도 될 정도라고."

"정말이지…….."

"대륙 일주 여행도 좋을지 모르겠네~."라며 망발을 하는 웨인에게 니님이 어처구니없다는 시선을 보내는데, 집무실 창문을 밖에서 작게 두드리는 소리가 들렸다.

소리를 내고 있는 것은 새 한 마리였다. 창문 밖에 있는 횃대에서 몇 번이나 부리로 창문을 두드리고 있다. 다리에는 얇은 통이 묶여 있다. 니님이 이용하는 전서조 중 한 마리였다.

니님이 창문을 열고 새의 발목에 묶여 있는 통에 손을 뻗어 통에서 편지를 꺼냈다.

"무슨 일이야?"

"제국의 밀정에게서 긴급 연락이야."

"긴급 연락? 뭐야, 건강해진 황제가 곧장 군대를 이끌고 어디로 쳐들어갔나?"

"어디 보자……."

니님은 편지를 펼쳐 적혀 있는 문장을 훑어보았다.

그리고 다 읽은 그녀가 파랗게 질린 얼굴로 말했다.

"……황제가, 죽었어."

"흐엉?"

웨인은 눈을 깜빡였다.

집무실에 기묘한 침묵이 내려앉았다. 웨인과 니님은 미동도 하지 않고, 마치 갑자기 황야에 내던져진 새끼 양처럼 반쯤 망연자실한 모습으로 눈을 마주치고 있다가—— 이윽고 웨인이 쭈뼛쭈뼛 말을 꺼냈다.

"……음, 음, 음~. 뭔가 지금 흘려들을 수 없는 말이 들린 듯한 기분이 드는데, 아마도 어쩌면 분명 잘못 들은 거라고 확신하고 있으니까 시험 삼아 한 번 더 말해 줘 니님. ……뭐라고?"

"어스월드 제국 황제가, 죽었어."

"…………."

웨인은 얼굴을 덮고 천장을 올려다보았다.

"그렇구나~…… 황제가 죽어 버렸구나~."

이를 꽉 깨물고 중얼거리면서 웨인은 천천히 숨을 들이마시고,

"뭐어어어어어어어어어어어어어어?!"

외쳤다.

"죽었어?! 죽었다고?! 죽은 거야 그 자식?! 아니 근데, 지난번에 쾌유했다고 그랬잖아! 이봐 잠깐 어떻게 된 건데!?!"

"최근에 건강이 또 나빠져서 신중을 기해 쉬고 있었는데 갑자기…… 그랬나 봐."

"오, 오보 아냐?!"

"제국 쪽에서 정식으로 발표했대. ……잠시라면 숨길 수도 있었겠지만, 아마 제국 궁정 내에서 정치적인 거래가 있었던 거겠지."

"노오오오오오오오오!"

웨인은 온 힘을 다해 머리를 쥐어뜯었다.

"고, 곤란해. 잠깐, 잠깐 기다려, 어떻게 되는 거야 이거. 으음 황제가 죽으면 우리 나트라에 끼칠 영향은…… 영향은……."

그때 거친 노크 소리와 함께 다짜고짜 문이 열렸다. 왕국군의 전령이 뛰어들어 온 것이다.

"실례합니다, 웨인 전하! 우리 나라에 주둔하고 있는 제국군이 돌연 이동을 시작했습니다!"

'흐와아아아아아아아아아?!'

 절규를 마음속으로 억누른 것은 기적이었다. 하지만 전령은 그런 웨인의 속마음을 알아차리지 못하고 말을 이었다.

 "동쪽 국경으로 향하는 모양입니다만 목적지는 불명! 그리고 라클룸 대장이 제국군을 뒤쫓을지 어쩔지 판단을 요청하고 있습니다!"

 전령의 말을 들으며 웨인은 맹렬하게 사고를 돌렸다. 황제의 죽음. 국경으로 향하는 제국군. 그 둘은 틀림없이 연동되어 있다.

 '그렇다면 이 뒤에 올 것은——.'

 웨인의 예감을 뒷받침하듯 그것이 찾아왔다.

 "기다려 주십시오! 제가 전해 올리겠습니다!"

 "대사님! 부디 물러나 주십시오!"

 "무례하다는 것은 이미 알고 있습니다! 시간이 없습니다!"

 열린 문 바깥에서 떠들썩한 소리가 들려온다. 여러 사람이 언쟁하며 이쪽을 향해 오는 기척. 니님이 슬며시 웨인과 문 사이에 서려는 것을 손으로 막는다. 이제부터 나타날 사람이 누구인지 웨인은 이미 알고 있었다.

 "섭정 전하!"

 근위병들을 밀어내며 거친 발소리를 내면서 나타난 것은 역시 피시 블런델이었다. 피시는 웨인의 모습을 인식하자마자 그 자리에서 무릎을 꿇었다.

 "일국의 궁정에서 이리도 난폭한 짓을 벌여 드릴 말씀이 없습

니다! 그러나 급히 말씀드려야만 하는 일이!"

"……제국군이 국경으로 향하고 있다는 말은 들었네."

웨인은 피시에게 차가운 눈빛을 보냈다.

"제국군의 지휘권은 당연히 그쪽에 있지. 하지만 사전에 아무 보고도 없이 군을 움직이다니, 무슨 생각인가. 서로 좋은 관계를 쌓으려 했던 것은 나의 착각이었나?"

'——라고 말할 수밖에 없잖아아아아아아아아!'

하고 있는 말과는 대조적으로 웨인은 마음속으로 전전긍긍하고 있었다.

'알아! 엄청 초조한 거 알아! 하지만 여기까지 밀어닥치면 안 되잖아! 이럼 주위에 비밀로 할 수가 없잖아! 방 안에서 얘기했으면 그쪽 형편에 맞출 수도 있었는데!'

이 자리에서는 웨인과 피시, 니님은 물론이고 조금 전에 온 전령과 근위병이 마른침을 삼키며 지켜보고 있다. 게다가 소동을 듣고 다른 가신들도 모이기 시작했다는 것을 웨인은 느끼고 있었다.

"그 건에 관해서는 진심으로 송구스럽습니다……! 그러나 결코 나트라 왕국에 해를 끼치려는 의도가 있어서 그런 것이 아닙니다!"

"그럼 어떠한 이유로 그들이 움직이고 있지?"

"……본국의 지시입니다. 일각이라도 빨리 주둔하고 있는 제국군을 귀환시키라는."

"무엇 때문에 그런 지시를?"

"······."

피시가 망설이는 표정을 짓는다. 자신이 아는 중대 정보를 여기서 말해야 할지 고민하고 있으리라. 하지만 웨인으로서는 그녀가 말해 줘야만 자신은 둘째 치더라도 주위 사람들을 납득시킬 수 있다.

"황제 폐하께서······ 돌아가셨기 때문입니다······."

술렁임이 파도처럼 퍼졌다.

'······이게 무슨 일이람.'

고개를 숙인 자세를 유지하고 있는 피시의 가슴속은 한스럽기 이를 데 없었다.

그것은 황제의 붕어나 주둔군의 폭주 탓──이 아니다.

웨인의 계책을 간파하지 못했던 자신을 향한 통한이었다.

제국에는 황제를 신봉하는 사람들이 매우 많다. 그리고 피시도 그중 한 사람이다.

그래서 생각지도 못했다. 아니, 고백하자면 생각하고 싶지 않았던 것이다.

왕국군 강화 도중에 황제가 붕어하면 어떻게 될지 따위는.

'하지만 왕태자에게는 그런 허술함이 없었어. 이자는 여기까지 상정하고 있었어······!'

점령하고 있다면 또 모르되, 어디까지나 우호국에 주둔하고 있을 뿐이라면 본국에 정변이 일어났을 때 귀환 명령이 내려질 가능성이 극히 크다.

막으려 해도 피시는 외교부서에 소속된 입장이라, 군부에 요청은 할 수 있어도 명령할 위치가 아니기에 주둔군의 귀환을 막을 수는 없는 것이다.

그리고 주둔군이 떠나면 나트라 왕국에 남는 것은 제국의 자금을 써서 제국식으로 단련된 나트라 군대이다. 적어도 본국이 안정될 때까지는 이들을 거두어들일 수 없다.

'나는 서진 정책이 진행될 거라고밖에 생각하지 못했어. 하지만 왕태자는 그렇게 되었을 때와 되지 않았을 때의 경우까지도 생각하고 있었어.'

인정할 수밖에 없다. 그의 기량은 진짜배기고── 자신은 진 것이다.

마음속에서 분함과 웨인을 향한 찬탄이 뒤섞이는 것을 느끼면서 피시는 생각했다. 승자인 그는 지금 무슨 생각을 하고 있을까. 그 차가운 눈빛 속에 어떤 이지의 빛이 번뜩이고 있는 것일까 하고.

그 대답을 피시가 알 일은 영원히 없겠지만,

'완전히 내가 제국을 속여 넘긴 모양새가 돼 버렸잖아아아아아아아아아아!'

자신을 패배시킨──그렇게 생각하고 있는──상대가 마음속으로 이렇게 고통으로 몸부림치고 있다는 건 모르는 편이 좋으리라.

"섭정 전하, 저희에게 왕국을 침범할 의사는 없으며, 목적은 본국으로 신속하게 귀환하는 것입니다. 부디 철수를 허락해 주십시오. 군대의 행동은 어디까지나 주군의 상실과 충심 때문입니다."

피시는 엎드린 채 용서를 청했다. 어리석은 왕이라면 이것을 기회로 철수하는 제국군의 뒤를 칠지도 모르지만 웨인은 그러지 않을 것이다.

"……사정은 알았네. 충심을 다할 대상을 잃은 장병의 심정, 차마 헤아릴 수가 없군. 제국으로 곧장 귀환한다면 우리는 더 이상 간섭하지 않겠네."

"감사드립니다, 섭정 전하."

"아니네. 우리 왕국군의 지도가 도중에 끝나는 것은 유감이나, 제국의 큰일이라면 어쩔 수 없지. 한시라도 빨리 혼란이 가라앉기를 바라네."

"……말씀에 감사드립니다."

이리하여 어스월드 황제 붕어 소식은 눈 깜짝할 사이에 대륙 전체로 퍼져 각국에 커다란 동요와 야심의 불꽃을 불러일으키게 되었다.

또한 이날, '왜 이렇게 된 거야아아아아아아아!' 라는 침통한 외침이 나트라 왕국 왕궁에 메아리쳤다고 하는데, 상세한 기록은 남아 있지 않다.

✚ 제2장 ✚ 전장에서 왕자는 고민한다

　브노 대륙의 동부에 위치한 어스월드 제국이 강한 지도력을 가진 황제와 황제에게 충성을 맹세한 유능한 무인, 문관들의 지휘로 건국 이래 최대의 황금기를 맞이했다는 사실은 대륙 전체가 알고 있었다.

　제국민들은 자신이 제국의 백성이라는 데 긍지를 가졌고, 오늘보다 내일이 더 밝아지리라 믿어 의심치 않았다.

　그러나 그 전망은 헛되이 무너졌다. 위대한 황제의 급서가 원인이 되어 각지에 혼란이 발발. 빛날 터였던 미래에 암운이 드리우기 시작한 것을 모든 제국민이 피부로 느끼고 있었다.

　여기서 제국이 버틸 수 있을지는 황제를 지탱해 온 유능한 관리들의 수완에 달려 있지만── 지금의 황궁은 권력 투쟁의 마굴로 변해 있었다. 황제라는 태양을 잃음으로써 억눌려 있던 권력의 어둠이 스며 나오기 시작한 것이다.

　물론 그 상황에 제동을 걸려는 생각을 품은 자들은 있었다.

　나트라 왕국에서 귀국한 피시 블런델도 그런 사람 중 한 명이었다.

　'……그런 상황인데, 한심스럽네.'

황궁의 한 방에서 나온 피시는 작게 한숨을 쉬었다.

그때 밖에서 기다리고 있던 보좌관이 달려왔다.

"대사님, 어떻게 됐습니까?"

"한동안 근신하라는 명이셨어."

얼마 전 나트라 왕국에서 벌인 피시의 실책. 그 처분이 내려지는 날이 오늘이었다.

"다행이다. 예상보다 가벼웠네요. 분명 지금까지 대사님의 실적을 보아서겠지요."

"그보다는 나한테 신경 쓸 상황이 아니라는 게 정답이겠지."

나트라에게 감쪽같이 당했다고는 하나 어차피 소국에서 일어난 일. 그 밖에도 해야 할 일과 우선해야 할 일은 지금의 제국에 얼마든지 있다.

그렇다. 얼마든지 있다. 물론 피시가 할 수 있는 일도. 하지만 지금은 그 일을 하는 것이 허락되지 않는다.

"지금이야말로 제국을 위해 분골쇄신할 때인데……."

분하다. 가슴속이 스스로에 대한 초조함으로 가득하다.

"안 됩니다, 대사님. 근신 중에 뭔가 했다간 이번에야말로 무거운 처분이……."

"물론 알고 있어. 근신이 풀릴 때까지 얌전히 있을 생각이야."

그리고 피시는 말을 이었다.

"하지만 조사를 하는 정도는 괜찮잖아?"

"조사를 하신다니…… 뭘요?"

"나트라의 왕태자에 관해서야."

보좌관은 난처한 표정을 지었다.

"대사님, 당해서 분한 마음은 알겠지만 이미 끝난 일이니 떨쳐내셔야죠."

"그게 아냐. 나는 분하지 않고, 그 소년을 미워하지도 않아."

피시의 말은 진심이었다.

차라리 이것저것 다 그 왕태자 탓이라고 생각해 버리면 편했을지도 모르지만, 지금도 웨인에 대한 감정은 호의적이었다. 그는 그 나름대로 최선을 다했고, 자신이 간파하지 못했을 뿐이라고 솔직하게 인정할 수 있었다.

그렇기 때문에 더욱 생각한다. 다음에야말로, 하고.

"내 감이지만 왕태자는 더욱 약진할 거야. 어쩌면 우리 제국에 이빨을 들이댈지도 몰라. 그렇게 됐을 때 우리 나라가 뒤처지지 않도록 해 두고 싶어."

"그자를 과대평가하시는 것 같지만…… 대사님이 그렇게 말씀하신다면 저도 돕겠습니다."

피시는 미소 지었다.

"고마워. 그럼 우선 제국에 유학 중일 때의 왕자에 관해서 조사하기로 하지. 왕자에 관해 어느 정도는 알고 있지만 새로운 발견이 있을지도 몰라."

"알겠습니다. 그럼 자료 열람 준비를 하고 오겠습니다."

보좌관은 달려갔다.

피시는 창문으로 바깥을 보았다. 그 눈에 서쪽의 나트라 왕국으로 이어지는 하늘이 비친다.

"그런데…… 그 왕자님은 지금쯤 어쩌고 있을까."

자신의 호적수가 된 소년을 생각하면서 피시도 회랑을 나아갔다.

제국군이 나트라 왕국에서 떠나고 2개월이 지났다.

지금 웨인의 눈 밑에 수백의 병사들이 정연히 늘어서 있었다.

지휘관이 내린 지시에 신속하고 정확하게 행동하는 그 모습은 마치 하나의 생물 같았다. 일거수일투족에서 기백이 흘러넘쳐 보고만 있어도 압도될 것 같다.

"어떻습니까, 웨인 전하."

"훌륭하군."

언덕 위의 천막에서 병사들을 바라보고 있던 웨인은 가신의 말에 만족스럽게 고개를 끄덕였다.

"제국의 지도를 잃고 헤매지 않을까 했지만 여기까지 잘 단련해 주었군. 자네에게 맡긴 것이 정답이었어, 라클룸."

"옛."

라클룸이라 불린 남자는 공손히 고개를 숙였다.

장신에 탄탄한 체격의 남자다. 그런데도 위압감이 없는 것은 순박한 이목구비 때문이리라. 다른 특징이라면 다른 사람들보다 긴 두 팔일까. 그는 나트라 왕국군이 보유한 지휘관 중 한 명으로 웨인이 발굴해 낸 인재이기도 하다.

"그러나 전하, 이 건에서 저는 전하의 의견을 헤아려 따른 것에 지나지 않습니다. 칭찬의 말씀을 들을 정도는……."

"맡긴 일을 충실하게 처리하는 가신을 얼마나 얻기 힘든지 모르지는 않겠지. 이만큼 해낸 것은 틀림없이 자네의 공적이야."

"저를 발굴해 중용해 주신 분은 전하이시고, 이 임무를 내려 주신 분도 전하이십니다. 그러니 이 결과는 전하의 지시 덕택이고, 저 자신의 공 따위는 모래 한 알 정도도 안 됩니다."

"……정말, 자네는 변함이 없군."

질린 듯한 웨인과 더 깊게 고개를 숙이는 라클룸.

거기에 쿡쿡 하고 가녀린 웃음소리가 끼어들었다.

"후후, 두 사람 다 우습다니까요."

그렇게 말한 사람은 웨인의 여동생 플라냐였다.

"미안하구나, 플라냐. 지루했느냐?"

"아니요, 깔끔하게 움직이는 병사분들을 보는 건 재미있고 두 분의 대화를 듣는 것도 즐거워요. 하지만 라클룸, 모처럼 오라버니가 칭찬해 주시는데 솔직하게 받아들이세요. 저도 좀처럼 칭찬받지 못하는데. 부러울 정도예요."

"그렇다는군, 라클룸."

쓴웃음을 지으며 시선을 보내자 라클룸은 난처한 표정을 짓더니 이윽고 말했다.

"……두 분 전하의 말씀, 감사히 마음에 새기겠습니다."

"라클룸도 내 여동생에게 걸리면 뼈도 못 추리는군. 훌륭하구나, 플라냐. 칭찬해 주마."

"어머, 큰일이네요. 이걸로 칭찬받는다면 라클룸은 앞으로도 고집쟁이로 있어 줘야겠어요."

남매가 소리 높여 웃고 라클룸도 작게 미소를 지었다.

"그런데 오라버니, 최근 니님이 보이지 않는데 무슨 일이에요?"

"응? 아아, 니님이 아니면 좀 맡기기 힘든 일이 있어서. 그 일을 맡겼단다."

태어났을 때부터 웨인에게 봉사하도록 정해져서 영재 교육을 받은 니님은 매우 우수하다. 대부분의 일은 실수 없이 처리해 낸다.

"별일이네요. 일 때문이라지만 오라버니가 니님을 곁에서 떼어놓다니요."

플라냐의 말은 진실이었다. 대부분의 시간에 니님은 웨인 옆에서 대기하고 있었다.

"어쩔 수 없어. 달리 맡길 수 있는 사람이 없었거든."

웨인도 바라는 바는 아니었다. 니님이 일을 도와주느냐 아니냐에 따라 산을 걸어서 넘느냐 날아서 넘느냐 할 정도로 다르다. 오늘 이 시간 이후에 자기 혼자 해치워야 할 안건을 생각하면 '으억~.' 하고 마음속으로 신음해 버릴 정도다.

그럼 다른 인재에게―― 이것도 상당히 어렵다. 웨인은 섭정이지만 어디까지나 국왕 대리일 뿐이다. 가신 대부분은 국왕이 등용한 인재이고, 그들의 충성심은 당연히 국가와 국왕에게 향해 있다. 순수하게 웨인에게 충성을 맹세하고, 국정을 다루는

데 충분한 능력을 가진 인재는 지금으로서는 니님과 라클룸 정도뿐이다.

그리고 라클룸이 병사 훈련을 맡고 있는 이상, 다른 중요한 사안이 있으면 니님을 보내는 수밖에 없었다.

"그 일이란 혹시 제국에 관한 것인가요?"

"응? 왜 그렇게 생각하지?"

"최근에 제국의 무기를 잔뜩 사들이고 있다고 들었거든요."

'호오.' 하고 웨인은 내심 놀랐다. 굳이 숨기려 하지는 않았지만 플라냐의 귀에까지 들어갔을 줄이야. 아니면 이 국난에 자신도 뭔가 하고자 국정에 관심을 가진 것일까.

"분명히 무기는 샀지만, 니님에게 맡긴 일은 다른 일이야. 뭐 관계가 없지도 않다만……."

플라냐의 머리를 쓰다듬으면서 그렇게 대답한 웨인의 뇌리에 번뜩 스치는 것이 있었다.

"그렇지, 플라냐. 내가 왜 제국에서 무기를 샀는지 아느냐?"

모처럼 관심을 가졌으니 간단한 교재로 삼는 것도 나쁘지 않다. 질문을 받은 플라냐도 웨인의 뜻을 금세 이해했는지 잠깐 생각하고 나서 말했다.

"……나트라 왕국에서 만든 무기보다 제국의 무기가 질이 좋아서요?"

"정답 중의 하나로군. 하지만 그건 나트라의 무기가 특별히 나쁜 게 아니라 군사대국인 만큼 제국 것이 특별히 질이 높은 거야. 그 밖에는?"

"또 있어요? 으음…….."

플라냐는 미간을 좁히며 생각에 잠겼지만 좀처럼 대답이 나오지 않았다. 이윽고 난처한 듯한 얼굴을 웨인에게 보내자 그 흐뭇한 모습에 그는 작게 웃었다.

"그렇게 큰 소리로 말할 수는 없지만, 제국에 사과하는 거야. 지난번 거래에서 우리 나트라가 좀 많이 가져갔으니까."

"그런 거예요? 하지만 모두가 오라버니를 칭찬하는걸요. 제국 대사를 꼼짝 못하게 만들었다고."

플라냐는 자기 일처럼 자랑스러워했지만 웨인은 고개를 저었다.

"타국과의 외교는 일방적으로 이익을 얻는다고 되는 게 아니야. 특히 제국과의 국력 차이를 생각하면 쓸데없이 적의를 품게 만드는 행위는 최대한 피해야 해. 이것이 두 번째 이유지."

플라냐는 이해했다는 듯이 고개를 끄덕이고 나서 다시 고개를 갸웃했다.

"세 번째도 있어요? 오라버니."

"그래. 그건──."

웨인이 대답하려던 그때,

"실례합니다!"

천막으로 뛰어 들어온 전령이 그 자리에 있는 전원에게 들릴 만큼 큰 목소리로 소리쳤다.

"마덴 왕국이 우리 나라로 진군을 개시했습니다!"

플라냐가 놀라 눈을 부릅떴다.

라클룸은 "왔나." 하고 작게 중얼거렸다.

그리고 웨인은 담담히 말했다.

"곧 필요해질 테니까."

◆ ◇ ◆

마덴은 나트라 서쪽에 인접한 왕국이다.

이웃나라임에도 국가 간 교류는 민간 수준에 머무르고 있다. 나트라 왕국은 대륙 중간에 있지만 정치나 사상 쪽은 동쪽에 치우쳐 있어 서쪽의 여러 나라들과는 그다지 사이가 좋지 않다.

국토 규모는 나트라와 동등한 소국이다. 당연히 국력도 같았다. 얼마 전까지는.

균형이 무너진 원인은 마덴 국내에서 발견된 금 광산에 있다. 그때부터 최근 마덴의 국력은 크게 비약했다.

심지어 그 금 광산은 나트라와의 국경에 비교적 가까운 곳에서 발견되어서 참기가 힘들었다. 웨인이 몇 번이나 마음속으로 '제기라아아아아알!'이라고 소리쳤던가. 쳐들어가서 빼앗는 것도 진지하게 검토했지만 최종적으로는 포기했다.

그 마덴이 지금 나트라에 쳐들어오려 하고 있다.

타국과의 전쟁은 실로 수십 년 만이다. 훈련과 영내 단속밖에 경험하지 못한 군인도 적지 않다. 관계자들은 필시 불안에 떨고 있으리라── 그렇게 생각했지만 뜻밖에도 궁정 회의실에 모인 웨인과 무장들의 얼굴에 동요는 없었다.

"확실히 말씀대로 되었습니다."

"전하의 혜안에 감복할 따름입니다."

그들이 침착하게 있는 이유는 단순했다. 웨인은 마덴이 머지 않아 침공하리라는 것을 예상하고 무장들과 그 대책을 짜 놓았 던 것이다.

"그리 어려운 일도 아니네."

대답하는 웨인의 말은 겸손이 아니라 사실이었다.

현 마덴 국왕은 판단력이 좋지 않다. 그 흐트러진 통치는 이웃 나라인 나트라에도 전해지고 있었다. 그러면서 정치적 실책에 서 눈을 돌린 채 자신을 명군이라 칭송하는 간신만을 옆에 두고 간언을 올리는 충신을 멀리한다. 그것이 더욱 국내의 황폐화에 박차를 가해 악순환을 일으키고 있었다.

기껏 발견한 금 광산도 그 손실을 메꾸는 데 이용되고 있는 꼴 이었다. 선대 왕이 현군이었던 만큼 백성들의 실망과 불만은 더 욱 컸다.

그런 마덴 입장에서 나트라의 현재 상황은 천재일우의 기회이 리라. 국력은 훨씬 아래고, 거슬리던 제국군은 귀환했다. 전과 라는 알기 쉬운 공적을 얻기에 딱 좋다.

물론 모든 것은 마덴이 이겼을 때의 이야기이고—— 나트라 는 그렇게 되지 않기 위한 준비를 충분히 해놓았지만.

"국경 경비대는 어쩌고 있나?"

"예. 지시하신 대로 교전을 피해 적군의 조사에 전념하고 있 습니다."

"좋다. 그럼 마덴의 병력은 어느 정도지?"

"보고로는 7천 정도라고 합니다."

무장 중 한 명이 대답했다.

"1만이 안 되나. 상정한 경우 중에서 가장 적군."

"카바린을 경계했기 때문이겠지요. 그곳은 혈기왕성한 나라이니까요."

마덴과 인접한 나라는 나트라만이 아니다. 카바린도 그중 하나다. 물론 마덴의 금 광산을 부러워하는 것도 나트라만이 아니다.

타국을 침공할 때 방어를 위한 병사를 얼마나 남기고 출병할 것인가. 전쟁으로 혼란한 세상에서 이런 균형 감각은 결코 끊이지 않는 고민이다.

"그에 맞서기 위한 우리 군 병력은 6천. 조금 모자라군요."

"그만큼 있으면 충분하네. 장비는 빠짐없이 분배되었겠지?"

"네. 역시 제국의 무기는 좋군요. 이거라면 마덴의 장비에 뒤질 일은 없을 겁니다."

사전에 침공을 예측했던 만큼 군사 회의는 반쯤 확인과 세부 결정 작업일 뿐이었다.

그렇기 때문에 더욱 웨인은 무장들의 말에 귀를 기울이면서 머릿속으로는 다른 생각을 하고 있었다.

'준비에 부족함은 없어. 제국에서 쓸데없는 소동을 일으키기 전에 움직일 수 있었던 건 행운이군.'

황제가 복귀하며 나트라가 빠르게 종속된다는 길은 사라졌다. 게다가 들은 바에 따르면 제국은 황자 셋 중 누가 뒤를 이을 지로 궁정에 파벌이 생겨 내란의 조짐마저 있다던가.

하지만 그럼에도 웨인은 제국이 계속 대국으로 존재할 거라 보고 있었다. 그 뼈대가 무너지는 일은 없을 것이며, 국난을 이 겨내고 동쪽의 패자로서 계속 존재하리라고.

언젠가 반드시 또 제국에 나라를 팔 기회가 찾아올 것이다. 그 렇다면 그때까지 해야 할 일은 나트라의 국력을 키우는 것이리 라. 나라의 가치가 높으면 높을수록 팔 때의 가격도 비싸진다. 그것이 은거 후의 엔조이 라이프를 좌우한다고 해도 된다.

'제국식으로 단련된 나트라의 군대. 그 강함과 가치를 증명하 기 위해 마덴과의 전쟁은 딱 좋아. 다른 나라에 대한 견제도 돼. 문제는 이길 수 있을지 어떨지인데——.'

군대를 단련하고, 지리를 조사하고, 전술을 구상했다. 마덴 왕국군의 정보도 수집했다. 만에 하나라도 질 일은 없다. 적어 도 마덴군을 물리칠 수는 있다고 웨인은 확신했다.

그리고 군대를 물리친 후에는 신속하게 강화를 맺는 거다. 마 덴이 이쪽을 침략한 것은 쉽게 이길 수 있다고 얕보았기 때문이 다. 긁어 부스럼을 만든 상황이 되면 이런 생산성 없는 나라의 토지를 빼앗으러 올 일도 없으리라.

'완벽한 시나리오야……!'

이전에 제국과 거래할 때는 불행한 우연이 겹쳐 계략이 파탄 났지만 그건 어디까지나 사고였다. 이번에야말로 사태가 자신 의 생각대로 진행될 거라 예견하고 웨인은 마음속으로 덩실거렸다.

하지만 만약 이 자리에 니님이 있었다면 들뜬 웨인에게 주위를 보라고 충고했을 것이다. 그리고 웨인은 깨달았으리라. 태연해 보이는 무장들의 밑바탕에 긴장감과는 다른 무언가가 있다는 것을.

애초에 웨인이 섭정이 되기 전까지 나트라 왕국군은 쉽게 말해 불우했다.

국왕이 군부를 홀대한 것은 아니었다. 하지만 오랫동안 전쟁과 연이 없었던 나트라에서 군인이 공을 세울 기회는 극히 적었다. 자연히 궁정에서 발언권이 저하되고 급기야 타국 군인이 제 세상인 양 국내를 활보하는 처지가 되었다. 그들의 수치심은 심각했다.

하지만 웨인이 그것을 바꾸었다.

교묘하게 제국식 훈련법을 입수하고, 거기에 나트라에서 제국군을 쫓아내고 제국의 무기까지 사들여 배포했다. 물론 그 정책에는 정권이 불안정한 지금 군부의 호감도를 올리려는 웨인의 계획이 포함되어 있고, 군부도 그 사실은 알고 있었다.

알고 있으면서도 군부는 웨인에게 감사하고 있었다. 그가 상상하는 것보다 더욱. 훨씬.

그런 상황에 이번 마덴 침공이 일어났다.

"지금이야말로 나트라의 검으로 그 역할을 다할 때!"

"섭정 전하의 기대에 부응치 못한다면 어찌 신하라 할 수 있으리오!"

이런 상태로 무장들의 기운은 최고조였다.

　물론 첫 출진인데도 태연한 웨인──어쨌거나 그는 승리를 확신하므로──앞에서 그렇게 기세를 보이는 것은 볼썽사나운 일. 무장들은 겉으로는 애써 침착함을 가장하고 있었고 그것이 결과적으로 양쪽의 온도차를 감추고 있었다.

　'전하께 완전한 승리를 바치리라!'

　'가볍게 한 번 치고 곧바로 강화를 맺자!'

　이리하여 웨인과 무장들은 서로의 어긋남을 깨닫지 못한 채 마덴군과의 전투를 맞이하게 되었다.

　폴터 황야는 나트라 왕국 서부 국경 부근의 땅이다.

　황야라는 이름대로 모래와 바위투성이인 불모지대다. 초봄이라 눈은 없지만 한겨울이 되면 온통 은세계로 변모한다.

　그 황야에서 지금 7천의 병사로 이루어진 마덴군이 진군하고 있었다.

　군대의 지휘를 맡은 자는 마덴 왕국의 장군 우르기오다. 장년 남성으로 위압적인 얼굴과 날카로운 눈빛은 흡사 맹금류 같았다.

　"흥. 들은 대로 아무것도 없는 곳이군."

　말 위에서 보이는 풍경을 바라보며 우르기오는 시시하다는 듯이 말했다.

"궁정 돼지 놈들의 무능함은 구제할 길이 없군. 이런 장소를 빼앗아 봤자 아무것도 못 얻을 텐데."

"그놈들은 자신들이 초래한 실책에서 민초들의 눈을 돌리려고 필사적이니 말이죠."

부관이 쓴웃음을 지으며 대답했다. 우르기오는 코웃음을 쳤다.

"그렇다면 이번 원정 비용을 백성에게 뿌리는 편이 눈을 가리기엔 더 좋으련만. 그런 것도 모르는 놈들이 정치를 맡고 있다니, 더더욱 구제할 길이 없군."

"무능한 그놈들이 그런 짓을 했다간 기세가 넘쳐서 자기들 밥줄까지 나눠줄 것 같네요."

"그때는 돼지들을 통구이로 만들어 주지. 냄새가 나서 못 먹겠지만 말이다."

두 사람이 큰 소리로 웃는데 기마 1기가 달려왔다.

"전령! 40킬로미터 동쪽에 나트라 왕국군을 발견! 이쪽으로 진군 중입니다!"

"음……."

우르기오의 눈에 빛이 스쳤다.

"우리 예상보다 움직임이 빠르군요."

"흥. 과연 북방의 수탉. 기민함만큼은 특기인가. 발만 빠르고 창을 집에 놔두고 온 게 아니면 좋으련만."

"하지만 장군님, 그놈들은 최근에 제국에게 군대를 훈련받았다고 들었습니다. 방심하면 물어뜯길지도 모릅니다."

"걱정 마라. 닭이 매가 나는 법을 배워 봤자 결국은 닭이라는 것을 이제부터 뼈저리게 알게 될 거다. 행군 속도를 올려라. 사냥감이 스스로 목을 들이밀었으니 빠르게 정리하겠다."

"옛!"

부관이 지시를 내리는 모습을 곁눈으로 보며 우르기오는 동쪽으로 신경을 돌렸다.

경위가 어떻든 자신은 이 전쟁의 장군으로 임명되었다. 상대가 벌레 같은 나트라 왕국이라는 것이 애석하지만 공은 공이다. 실컷 머리를 쳐들어 보아라.

"조금은 즐겁게 해다오. 나트라의 약해 빠진 병사들아."

이 황폐한 대지가 나트라군의 피로 물들 것을 확신하고 우르기오는 사나운 미소를 지었다.

한편 그 무렵 나트라 왕국군에도 마덴군 발견 보고가 도착했다.

"예상과 다르지 않군."

"예. 우리는 예정대로 이 앞 언덕으로 향하지요."

말 위에서 지도를 펼친 웨인에게 고개를 끄덕인 사람은 똑같이 말에 타고 옆에서 나아가던 노년의 무장이었다. 이름은 바칼이라 하며 나트라의 장군이다.

이번 나트라군의 총대장은 웨인이었다. 웨인 자신은 무공에 관심이 없을 뿐더러 무관의 공적을 빼앗을지도 모르는 탓에 가능하면 지휘를 맡고 싶지 않다고까지 생각하고 있었다.

하지만 어쨌거나 오랜만의 전쟁이다. 어떤 예측하지 못한 사태가 일어날지 모른다. 무력 이외의 원인으로 무언가가 일어났을 때 신속하게 대응할 수 있도록 자신이 붙어 있는 편이 좋으리라 판단한 것이다.

하지만 실제 전장에 나선 경험이 없는 자신이 지휘하겠다고 하면 역시 병사들도 불안을 느낄 것이다. 그래서 이번 전쟁에서 실제로 지휘를 하는 자는 이 바칼이었다. 그는 원래 타국의 무장으로, 유명한 전쟁에서 몇 번이나 활약한 역전의 명장이다.

원래는 나트라에 있을 법한 인재가 아니지만 수십 년 전 그의 화려한 인기를 위험시한 당시의 주군에게 목숨의 위협을 받고 도망친 끝에 나트라에 흘러들어 온 과거가 있다. 최근에는 일선에서 물러난 상태였지만 그가 지휘를 한다면 아무도 불만을 품지 않을 것이다.

'그런데 진짜, 군대가 돈 먹는 하마인 건 사실이군.'

지휘를 바칼에게 일임했기 때문에 실질적으로는 장식일 뿐인 웨인은 마침 잘됐다 싶어 군에서 소비되는 물자의 종류와 양을 검증해 보고 있었다. 그리고 느낀 점은, 군대를 움직이는 데는 일단 돈이 많이 든다는 것이었다.

지불하는 봉급은 물론 병사들이 먹는 물과 군량. 말과 말에게 먹일 여물과 무구. 그 밖에도 잡다한 생활용품이 한가득이다. 귀국하면 이것들을 모두 합쳐 경비 정산을 해야 한다고 생각하면, '으어~.' 하고 시체 같은 신음소리가 흘러나올 것만 같다.

"왜 그러십니까, 전하."

"응? 아아…… 이 전쟁이 얼마나 걸릴지 생각하고 있었네."

아무튼 빨리 끝내면 그만큼 비용도 억제할 수 있다. 세상에는 전쟁을 몹시 좋아하는 국왕도 있다고 들었는데 분명 산술을 잘못할 거라고 웨인은 생각했다.

"바칼은 어떻게 생각하나?"

"어려운 부분이군요. 전쟁이라는 것은 뚜껑을 열어보지 않으면 결과를 알 수 없는 법이니. ……전하께서는 최대한 빨리 결착이 나기를 바라시는지요?"

"빨리 끝나는 것보다 좋은 것은 없다고는 생각하네. 하지만 그것을 추구한 나머지 승리가 멀어진다면 의미가 없지. 그런 뜻에서는…… 그렇군, 내가 바라는 것은 납득이야. 비록 시간이 걸리더라도 이 전쟁이 최선이었다는 납득이 필요하네. 어떤가? 바칼."

"맡겨 주십시오."

노인은 손자뻘의 소년에게 공손히 고개를 숙였다.

"반드시, 회심의 전쟁을 보여드리겠습니다."

"기대하지. 자, 슬슬 시작이군."

웨인이 쳐다본 쪽에 약간 높은 언덕이 보이기 시작했다.

나트라군, 병사 6천.

마덴군, 병사 7천.

바위와 모래투성이 황야 위에서 양군은 마주보고 있었다.

양군의 거리가 충분히 떨어져 있음에도 이미 전장의 공기는 팽팽했다. 이제부터 이 1만 남짓한 사람들이 서로 목숨을 뺏고 뺏기는 것이다.

"전하, 포진이 갖춰졌습니다."

언덕 위에 설치된 천막에서 웨인은 바칼의 보고에 고개를 끄덕였다.

"마덴 쪽은 어떤가?"

"저쪽도 준비는 되어 있는 듯하군요."

"남은 건 개전을 기다리는 것뿐인가."

"예. 그래서 전하, 가능하시면 개전 전에 전하의 말씀을 모두에게 내려주십사 하여."

"상관없네만, 싸우기 전에 병사를 고무하는 효과는 역시 얕볼 수 없는 것인가? 바칼."

"물론입니다. 군과 군의 싸움은 말 그대로 이성을 넘어선 영역. 육체 이상으로 마음의 심지가 깎여 나가지요. 그것이 부러지지 않도록 받쳐 주는 것이 장수의 연설입니다."

역전의 장수가 그렇게 말하니 반대할 이유도 없었다. 게다가 병사를 제대로 신경 쓰고 있다고 어필을 해 두면 쿠데타 방지에도 일조가 되리라.

그렇지만 어떻게 말하면 좋을까. 고민했지만 언덕 기슭에 정렬한 병사들 앞에 서서 그들의 모습을 보았을 때, 마음은 정해졌다.

"헤노이의 트레이스."

웨인이 말한 것은 사람의 이름이었다.

그 목소리에 정렬한 병사 중 한 명이 반응했다. 갑자기 왕태자에게 이름을 불려 놀라고 당황한 나머지 눈을 희번덕거리고 있다. 그런 그를 향해 웨인이 말했다.

"창이 거꾸로다."

"어…… 앗."

지적받은 병사가 자기 손을 보자 창날 끝이 땅으로, 창대 끝이 하늘로 향해 있었다. 그는 황급히 창을 돌려 날을 위로 올리고 직립부동 자세로 돌아갔다. 하지만 그의 얼굴은 새빨개졌고 누군가가 뿜은 것을 시작으로 주위에 웃음소리가 퍼져나갔다.

하지만 거기에 웨인의 말이 끼어들었다.

"칼먼, 파테스, 리비, 로글리, 너무 웃는군."

한층 크게 웃고 있던 병사들이 화들짝 놀라 입을 다물었다. 그 모습이 또 우습지만 여기서 웃으면 자신들이 지목을 당하므로 병사들은 입을 닫은 채 어깨를 떨었다.

'아무래도 긴장은 풀린 것 같군.'

웨인은 조금 전 한 번 보고 그들이 강한 긴장감 속에 있다는 것을 알아차렸다.

무리도 아니다. 자신도 포함해서 제대로 된 전장은 처음 겪는 사람이 대부분이다. 아무리 훈련을 거쳤다 해도 실전에서밖에 배울 수 없는 것이 분명히 존재한다.

하지만 이제 제1단계는 통과했다. 그렇다면 남은 것은 사기를 높이는 것뿐이다.

"오늘까지 우리 나트라군은 약한 군대라는 비난을 받아 왔다. 어쩌면 그것은 사실이었는지도 모른다. 적인 마덴군은 우리를 그렇게 깔보고 있겠지."

웨인의 목소리가 병사들 사이에 울려 퍼진다.

"그러나 나는 알고 있다. 너희가 가혹한 훈련을 견뎌냈다는 것을. 나는 알고 있다. 너희가 누구보다도 드높은 용기를 지니고 있다는 것을. 나는 알고 있다. 침략자를 앞에 둔 너희 마음에 꺼지지 않는 불꽃이 타오르고 있다는 것을. ──그렇다면, 지금의 너희가 약한 군대일 이유는 하나도 존재하지 않는다."

이완되었던 공기가 일변한다. 병사들에게 타오르는 듯한 고양감이 생겨난다. 그 열기를 더욱 부채질하고자 웨인은 소리쳤다.

"이 일전으로 증명하라! 우리가 북방에 앉은 용이라는 것을! 대륙에 울려 퍼지게 하라! 우리가 지상 최강의 군대라는 것을! 간다! 지금이야말로 역사를 다시 쓸 때다!"

""오오오오오오오오오오오!""

천지를 뒤흔드는 환성이 울려 퍼졌다.

아무래도 사기 향상이 잘 된 듯하다. 마음속으로 한숨 돌리고 있자니 바칼이 말을 가까이 몰아왔다.

"훌륭하셨습니다, 전하. 제가 격려했다면 이 정도까지 불을 지피지 못했겠지요."

"최소한 긴장해서 무기를 떨어뜨릴 일은 없을 것 같군."

웨인이 가볍게 말하자 바칼은 작게 웃었다.

"그런데, 조금 전에 이름을 부르셨던 병사들은 미리 준비하신 겁니까?"

"무슨, 즉흥적이었다."

"그럼 우연히 이름을 부르신 겁니까?"

"대충 기억하고 있을 뿐이다. 수십만이나 데리고 있는 제국도 아니고, 나트라의 병사는 전부 모아도 1만 정도니 말이지."

"…………."

바칼은 몹시도 기묘한 표정을 지었다.

들끓는 나트라군의 모습에 우르기오는 재수 없다는 듯 혀를 찼다.

"풍향계에 앉은 수탉 따위가 아우성치기는."

"장군님, 저희도 공격 준비를 마쳤습니다."

"그래."

우르기오는 초조함을 가라앉히고 정연히 늘어선 마덴 병사들에게 몸을 돌렸다. 수천 개의 시선이 모여 있는데 성마른 모습 따위를 보여줄 수는 없었다.

"들어라! 마덴의 용사들이여!"

병사들의 위장까지 떨릴 듯한 목소리로 우르기오가 외쳤다.

"저것은 나트라의 졸병들이다! 용기와 만용을 착각하고, 어리석게도 우리의 진격에 맞설 작정이다! 그러나 북쪽의 시골뜨기들이 얼마나 모이든 진정한 정예병인 우리를 이길 가능성은 전혀 없다!"

우르기오가 검을 치켜들고, 그에 호응하듯 병사들도 각각 무기를 하늘로 들어올렸다.

"유린하라! 저놈들의 피로 이 황야를 물들이는 거다! 전군, 공격 개시―――――!"

7천의 인간들이 만들어 내는 포효가 하늘에 메아리치고, 병사들이 일제히 땅을 박찼다.

"왔나."

마덴군이 움직였다. 그것은 마치 사람으로 만들어진 해일 같았다. 후방의 본진에 있는데도 웨인은 찌르는 듯한 압력을 느꼈다.

"전 부대, 준비하라!"

바칼의 지시에 나트라군 보병들이 일제히 방패와 창을 들었다. 공격하는 마덴군에 비해 이쪽은 어디까지나 수비. 이 자리에서 움직이지 않고 맞받아칠 태세다. 저쪽이 해일이라면 이쪽은 제방이다.

마덴군이 밀어닥친다. 피부가 따끔따끔하게 불타는 것 같다.

이길 수 있다. 이길 수 있다고 확신한다. 하지만 그럼에도 불안을 느끼고 마는 것이 인간의 습성이다. 겉으로는 태연히 전황을 관찰하는 것처럼 가장하면서 웨인은 마음속으로 기도하고 있었다.

'부탁이야~ 잘돼 줘.'

양군의 거리가 좁혀진다. 가속도가 붙은 듯 올라가는 심박수. 그리고 해일과 제방의 선단이——.

"" ———응?""

그 순간, 웨인과 우르기오는 나란히 눈을 부릅떴다.
'어이…… 이봐 잠깐……!'
'자, 잠깐 기다려……?!'
자신들의 눈에 비친 광경에, 양군을 사이에 끼고 대척점에 있던 두 사람은 기이하게도 동시에 이렇게 생각했다.
''이게 대체, 어찌 된 일이지……?!''

이 전장에서 나트라군이 짠 것은 전형적인 횡진(橫陣)이었다.
상공에서 내려다보면 가로로 긴 직사각형 진형이 마덴군 맞은편에 놓여 있다는 것을 알 수 있으리라.
상대인 마덴군도 횡진이다. 다만 두께를 균등하게 한 나트라와 달리 진형 중앙에 병력을 할애했다. 중앙을 돌파한 후 반전하여 배후에서 단숨에 무너뜨리려는 속셈이다.
말할 필요도 없이 인간은 측면이나 배후에서의 공격에 약하다. 그것은 군대 규모가 되더라도 마찬가지다. 그러므로 적군의 배후를 잡으면 몹시 유리한 상황이 된다고 할 수 있다.

당연히 나트라로서는 마덴에 대응해 중앙을 두텁게 하려 한다. 하지만 여기서 순전한 병력 차이가 영향을 미친다. 나트라 6천 대 마덴 7천. 숫자로 보면 어느 쪽이 유리한지는 명백하다.

그렇다. 어디까지나 숫자로 보면.

병사의 숙련도라는, 단순한 수치로 측정할 수 없는 요소가 전장에는 있다.

"우르기오 장군님! 좌익의 로시나 부대에서 구원 요청이!"

"전령! 산세 부대가 괴멸! 트로디 부대가 원호로 전환했습니다!"

"장군님, 우익도 고전하고 있는 모양입니다!"

잇따라 전장 각지에서 날아드는 정보는 모두 마덴군의 열세를 전하고 있었다.

"이 무슨……."

우르기오의 입에서 흘러나온 말은 상황에 대응하기 위한 것이 아니었다.

하지만 그 말은 여기 있는 전원이 품고 있는 곤혹감을 나타내는 것이었다.

"뭐냐. 나트라 병사가 왜 이렇게 강한 거지……?!"

'마덴 약해애애애애애애애애애애애애애애?!'

우르기오와 그의 막료들이 경악에 떨고 있을 무렵.

군을 사이에 두고 맞은편에 앉은 웨인도 엄청나게 놀라고 있었다.

'이게 뭐야?! 엥?! 왜 이렇게 너덜너덜하도록 패고 있는데?!'

웨인의 말대로 전장은 일방적인 전개로 가고 있었다.

서로 부딪친 나트라군과 마덴군. 그러나 격돌의 충격이 채 가라앉기도 전에 양군의 격차는 여실히 드러났다.

눈앞의 적을 치고자 그저 계속 무기를 휘두르는 마덴 병사. 거기에 동료와의 연계 같은 것은 거의 없고 반쯤 혼자서 싸우고 있는 거나 마찬가지였다.

그러나 나트라 병사는 달랐다. 예를 들어 적으로부터 격렬하게 공격받으면 방패로 막고 대신 옆의 동료가 공격으로 전환한다. 반대로 적이 방어를 단단히 하면 동료와 연계해 방어를 무너뜨린다. 그렇게 하면서 진형을 유지하고, 고립되지 않고, 철저히 서로를 서포트할 수 있는 위치에서 싸우고 있다.

그렇다. 둘을 비교해 보면 명백하다. 비록 숫자로는 밀려도 군대로 보면 나트라 병사의 격이 압도적으로 높은 것이다.

"왜 그러십니까, 전하."

웨인이 당황한 것을 눈치챈 바칼이 말을 걸었다.

"……아니, 우리 편의 예상을 뛰어넘는 분전에 놀랐을 뿐이네."

웨인도 이길 거라고 생각하고는 있었다. 하지만 이런 전개는 예상을 넘어선다.

"바칼은 이렇게 될 줄 알고 있었는가?"

"예. 무언가에 관한 창의적 고안은 필요성이 있어야만 비로소 다듬어지는 법입니다. 그 점에서 오랫동안 계속 전쟁을 해온 제국이 구축한 병사 단련 방식은 대륙에서 가장 뛰어난 군사 훈련

방식 중 하나이겠지요. 사실 이를 관찰한 저도 감명을 받았습니다. 이 방법으로 단련할 수 있다면 작은 알력 다툼밖에 모르는 소국의 군대에 뒤질 일은 없으리라고."

"하지만." 하고 노인은 쓴웃음을 지었다.

"마덴이 이 정도로 약할 줄이야. 저도 조금 놀랐습니다. 어쩌면 계략의 포석이 아닌가 하고 생각했으나 이 상태를 보면 그렇지도 않겠지요. 그러하나 전하."

"그래, 그 이야기는 잊지 않았네. ……이참에 줄일 수 있을 만큼 줄여 둬야겠지."

그때 우익 쪽에서 일제히 커다란 환성이 올랐다. 돌격이 막혀 발이 멈춘 마덴 병사에게 우익의 나트라 병사가 공격한 것이다.

"아무래도 라클룸이 움직인 것 같군요."

나트라 병사와 마덴 병사가 서로 부딪치는 우익의 최선단.

노호성과 비명. 피 냄새와 시체로 가득한 그곳 한가운데에 기마에 탄 라클룸이 있었다.

"연계를 무너뜨리지 마라! 동료와 연계해서 움직여라!"

"방어를 단단히 해라! 예비대를 보내라!"

"마덴 놈들이 겁을 먹었다! 밀어붙여라!"

지시를 내리는 자들은 라클룸의 부하 지휘관들이고 듣는 자들은 병사들이다.

웨인과 수뇌부 쪽이 느끼고 있는 압도적인 전황을 전선에 있는 그들 또한 느끼고 있었다.

싸울 수 있다. 통한다. 오히려 밀어붙이고 있다. 그것은 제국식으로 단련받았던 괴로운 나날에 대한 긍정을 의미했고, 자연히 사기는 더욱 올라갔다.

그 높은 사기가 더욱 지휘관의 지시를 날카롭게 만들고 병사를 분기탱천하게 하여 마덴 병사를 더욱 밀어붙인다.

지금 나트라군은 흐름을 탔다. 이미 의심할 수가 없다. 그래서 지휘관들은 우익의 장수인 라클룸에게 진언했다.

"라클룸 대장님, 호기입니다! 치고 들어갑시다!"

"지금이라면 적의 방어를 무너뜨리고 뒤를 잡을 수 있습니다!"

"라클룸 대장님!"

그러나 잇따라 튀어나오는 직언에도 라클룸은 고개를 숙인 채 반응하지 않는다.

지휘관들이 서로 눈을 마주쳤다. 그들은 훈련할 때 호기이든 열세이든 담담히 정확한 지시를 내리던 라클룸의 모습을 알고 있었고, 지금 그의 모습은 그때와 부합하지 않는다. 뭔가 있는 것인가 하고 지휘관 중 한 명이 쭈뼛쭈뼛 손을 뻗었다.

"대장님……?"

그 손이 어깨에 닿음과 동시에 라클룸은 얼굴을 들었다.

지휘관들은 무심코 소스라쳤다.

라클룸은 울고 있었다.

다 큰 어른이 전장에서, 부하들의 눈이 있음에도 개의치 않고 두 눈에서 눈물을 흘리고 있었다.

"라, 라클룸 대장님, 대체."

왜 그러느냐고 물어보려 했는데.

그 순간, 라클룸의 목에서 무시무시한 포효가 튀어나왔다.

"우오오오오오오오오오오오오오오!"

인간의 것이라고는 생각할 수 없을 만큼 커다란 음성이 우익에 있는 나트라 병사와 마덴 병사의 간담을 서늘케 했다. 그들은 하나같이 싸우던 손을 멈추고 무심결에 목소리가 들린 방향 ── 즉 라클룸을 보았다.

"나는…… 나는 슬프다."

모든 병사가 주목하는 가운데, 라클룸이 탄 말이 앞으로 나왔다.

"이 전쟁은, 영광스러운 웨인 살레마 아바레스트 섭정 전하의 첫 출진……. 그분이 걸어가실 빛나는 여정의 첫걸음……. 그런데…… 그런데."

순박한 남자의 눈에 격정이 어린다. 쏟아질 듯한 분노. 그가 노려보는 마덴 병사들의 몸이 떨렸다.

"이 쓰레기들은 뭐냐……. 마치 잡초 제거나 하는 것 같지 않은가. 이런 게 아니었다……. 강하고, 교활하고, 이름 있는 사냥감의 피를 바쳐야만 비로소 전하가 두르실 광휘의 한 조각이나마 될 수 있거늘……."

갑자기 라클룸이 말에서 내렸다.

그대로 성큼성큼 인적 없는 벌판이라도 가는 듯 거침없이 걸어가 가만히 서 있는 마덴 병사 앞에 섰다.

눈앞에 적장이 홀로 울면서 서 있는 이상사태에 마덴 병사는 망연자실해 있었다.

"아아, 전하…… 신의 부덕을 부디 용서해 주십시오."

그 순간, 라클룸의 긴 두 팔이 채찍처럼 휘어졌다.

터지는 듯한 소리가 나고, 라클룸 앞에 서 있던 마덴 병사의 얼굴이 튕겨 날아가고 육체가 공중을 날았다.

"──적어도, 이 쓰레기들로 유해의 산을 만들겠습니다."

그리고 마침내 그 자리에 있던 모두가 정신을 차렸다.

"그, 그놈을 죽여라─!"

"라클룸 대장님을 따르라라─!"

자신을 향해 쇄도하는 마덴 병사를 향해 라클룸은 손 보호대로 덮인 주먹을 굳게 쥐었다.

"라클룸 부대, 적을 밀어붙이고 있습니다! 적진의 붕괴가 목전인 듯합니다!"

전령의 보고에 웨인은 만족스럽게 끄덕였다.

'그 녀석은 가끔 폭주하지만 이번에는 괜찮을 것 같군. 잘됐다, 잘됐어.'

자신이 직접 발굴했기 때문인지 라클룸은 묘한 충성심을 가지고 있었다. 그것이 이번 전투에서 이상하게 꼬이지 않을까 약간 불안했지만 이런 상태라면 괜찮을 것 같다고 웨인은 생각했다.

그리고 후일 상세한 보고를 듣고 '말에서 내려서 달려들어 패다니 뭔 짓을 한 거야 그 녀석…….' 하고 학을 떼게 되지만, 지금의 웨인에겐 알 방도가 없었다.

'그런데, 난처하군.'

각지에서 우위라는 보고가 잇따르고 있다.

그런데도 웨인의 마음속에는 먹구름이 휘몰아치고 있었다.

'마덴이 얼른 단념하고 철수해 주면 좋겠지만, 그러지 않으면……'

그렇게 고민하고 있자 바칼의 안광이 날카로워졌다.

"전하, 병사들의 실이 끊어지기 시작했습니다."

무심결에 '으에엑!' 하고 흘릴 뻔한 목소리를 삼키면서 웨인이 말했다.

"틀림없나?"

"예. ……전장이 움직입니다. 전하도 마음의 준비를."

웨인은 알겠다고 짧게 고개를 끄덕이며 대진을 응시했다.

그의 뇌리에는 출발 전에 바칼에게 들은 내용이 떠오르고 있었다.

"나트라 병사가 오래는 못 버틴다고?"

"예."

군 회의 자리에서 바칼은 담담히 웨인에게 고했다.

"제국의 가르침 덕에 나트라 왕국군은 몰라볼 정도로 강해졌습니다. 아마도 개전하고 한동안은 마덴군에게 우위를 점할 수 있겠지요. 그러나 삼각(三刻)이 지나면 그 팽팽한 실이 반드시 끊어질 겁니다."

"왜인가?"

"전장을 모르는 병사가 대부분이기 때문입니다."

바칼은 단언했다.

"공기의 차가움, 흘러나오는 피, 부딪치는 살의……. 전장에서 마음은 육체 이상으로 깎여나갑니다. 그러면 시야가 좁아지고 주위의 소리가 들리지 않는 지경에 이르며, 동료와 연계하거나 명령에 반응하는 것도 둔해지겠지요. 그렇게 되면 우리 군의 강함은 반감한다고 해도 좋지 않을까 합니다."

"그만큼 훈련했는데도 말인가?"

"그만큼 훈련했는데도, 입니다."

바칼은 작게 고개를 저었다.

"몸으로 경험하지 않으면 모르는 것이 전장에는 너무 많습니다."

"……그렇다면 버티는 것은 마덴 쪽이 위인가. 작은 다툼 정도라지만 전쟁을 체험했지."

"예. 그리고 멍청한 장수가 아니라면 우리 쪽의 실이 끊어진 틈을 놓치지 않겠지요. 이번 전쟁은 그리될 때까지 얼마나 마덴군 병사를 줄일 수 있는지가 분기점이 될 겁니다."

"가능하면 멍청한 장수이기를 기대하고 싶군."

웨인은 탄식하며 그렇게 말했다.

◆ ◇ ◆

물론 웨인의 그런 일방적인 소망이 닿을 리도 없어,

'──압력이 약해졌다!'

우르기오는 나트라군의 변화를 곧바로 알아차렸다.

"장군님!"

"알고 있다! 10초 기다려라!"

나트라 6천 대 마덴 7천으로 시작된 이 전쟁.

초전의 열세로 인해 지금의 전력은 대략 5천 대 5천. 거의 동등한 수준까지 떨어졌다. 나트라군의 압력이 약해진 지금이라면 아군 쪽이 강하게 나갈 수 있으리라.

하지만 안 된다. 그걸로는 부족하다. 아마도 적을 전부 없애지 못하고 일몰을 맞이하여 다시 겨루게 될 것이다. 그렇게 되면 기력과 체력을 회복한 나트라 병사와 또 싸워야 한다.

'지금이 기회다. 지금밖에 없다. 그렇다면──.'

'이거 큰일인데.'

한편 웨인의 초조함은 최고조에 달했다.

이유는 나트라 왕국군의 기세가 떨어진 것만이 아니었다.

그로 인해 마덴 군에 역전의 한 수가 생겨나고 말았기 때문이다.

수정하려 해도 시간이 걸린다. 만약 이틈에 상대가 움직여 버린다면──.

'부탁이니까 알아차리지 말아 줘⋯⋯!'

웨인은 마음속으로 하늘에 기도했다.

하지만 웨인의 기도도 무색하게, 빠르게 전장을 둘러본 우르기오의 눈은 그것을 포착했다.

'정면이 약해……?'

진형을 유지하려고 애쓰는 나트라군. 그 중심부의 병력이 줄어 있다.

왜인가. 이유를 찾던 뇌가 곧장 대답을 이끌어낸다. 이쪽의 좌익을 무너뜨리기 위해 나트라군은 중앙의 병력을 우익 측으로 돌린 것이다. 그러나 완전히 공략하기 전에 군의 기세가 떨어져, 결과적으로 중앙이 얇아진 채 교착 상태에 들어가고 만 것이리라.

우르기오의 뇌리에 승리로 가는 그림이 떠오른다. 할 수 있다. 확신을 품은 순간 그는 소리쳤다.

"양익의 대장에게 그대로 난전으로 끌고 가서 상대 중인 적 부대의 발을 묶으라고 전해라! 중앙은 진형을 재구축한다! 완료되는 대로 돌격한다!"

"옛! 노리는 장소는?!"

"당연하지 않나."

우르기오는 번쩍이는 눈을 저편으로 향했다.

"총대장의 목이다!"

'아아 제길! 오지 말라고!'

시작된 마덴 중앙군의 돌격.

기마를 주축으로 한 그 일격이 병사가 줄어든 나트라 중앙군의 진형에 깊이 파고들었다.

마덴은 멈추지 않는다. 진형이 뚫린 곳에서부터 밀고 들어온다. 방어하려 해도 병사가 없고, 난전 상태가 된 양익에서 병사를 불러들일 수도 없다.

중앙이 돌파된다. 그 숫자는 천 명 정도이리라. 그에 반해 언덕 위에는 웨인과 바칼 그리고 백 명 정도의 근위병밖에 없다.

"전하, 후퇴하겠습니다. 서두르시지요."

"안다."

이제 이것밖에 방법이 없다.

바칼의 지휘 아래 웨인 일행은 후퇴를 개시했다.

"장군님! 적들이 본진에서 도망칩니다!"

"꼴사납군, 깨끗이 죽으면 될 것을. 적은 소수다, 기마만 쫓아도 된다! 보병은 중앙의 발을 묶도록 지시해라!"

"옛!"

여기서 우르기오는 보병을 분단. 대략 4백 기의 기마대만으로 웨인 일행의 뒤를 쫓았다.

순식간에 언덕을 달려 올라가 본진이 있었던 장소에 도달. 포착한 것은 언덕 뒤편에 있는 여러 개의 바위산과 그중 하나의 그림자에 숨어들려 하는 근위부대의 모습이었다.

"계속 도망쳐 숨을 작정인가……. 하지만 대부분이 중장보병인 것이 발목을 잡았군!"

나트라의 본진에 있던 근위병 대부분이 방패와 창을 든 보병이다. 저래서는 말의 다리로부터 도망칠 수 없다.

"저놈들이 바위에 숨기 전에 뒤를 친다! 간다!"

우르기오는 다시 호령을 내리고, 기병을 이끌고 언덕을 달려 내려갔다.

근위부대와의 거리는 순식간에 줄어들어, 근위병들은 체념했는지 발을 멈추고 뒤돌아서서 우르기오 쪽을 향해 방어진을 구축했다.

그러나 그 방어는 너무도 약하다. 격돌하면 일격에 돌파할 수 있으리라.

우르기오는 승리의 확신과 함께 거센 함성을 지르고——.

"그러니까 오지 말라고 했는데."

웨인은 아무에게도 들리지 않도록 욕지거리를 내뱉었다.

"이러면 완승해 버리잖아……!"

그리고 니님 랄레이는 병사들에게 지시를 내렸다.

"——궁병대, 쏴라."

바위산 위에서 마덴 병사를 향해 화살의 비가 쏟아졌다.

"――대사님, 큰일입니다!"

피시의 자택에 보좌관이 뛰어 들어온 것은 나트라와 마덴이 개전했다는 정보를 훑어보고 있던 도중의 일이었다.

"왜 그러지? 그렇게 당황해서."

"예의 그 왕태자에 관해 엄청난 자료를 입수했습니다! 이걸 봐 주십시오!"

보좌관이 내민 자료를 받아들고 피시는 시선을 내렸다.

"이전에 열람한 왕태자의 자료에 묘하게 누락된 부분이 있다고 대사님이 말씀하셨잖습니까. 그 답이 이거였습니다!"

보좌관의 말을 귀로 들으며 자료를 읽어나가던 피시는 눈을 부릅떴다.

"사관학교에 재학⋯⋯?!"

"예, 그 왕태자는 2년 동안 우리 제국의 사관학교에 다녔던 겁니다!"

설마 하는 마음이 피시 안에서 거세게 소용돌이친다. 하지만 자료는 틀림없이 그것이 사실이라고 고하고 있었다.

"군사 기밀의 집합체라 할 수 있는 사관학교에 어떻게 속국도 아닌 한 나라의 왕족이⋯⋯."

"세부 내용은 아직 알 수 없지만, 주위에는 왕태자라는 신분을 감추고 서민 자격으로 다니고 있었던 듯합니다. 교사 등은 그의 신분을 알고 있었던 기색이 있습니다만."

"그가 어떻게 입학했지?"

"제국에 있는 플람 태생 고관이 편의를 봐 준 듯합니다. 그자들에게 나트라 왕국은 박해받았던 자신들을 일찍부터 받아들여 준 나라니까요. 제국에서 지위를 얻었다고는 하나 동족을 많이 보호해 주는 나라의 왕족에게 호감이 있었던 게 아닌가 싶습니다."

있을 법한 이야기다. 플람 사람의 동족의식은 특히 강하다.

하지만 납득이 가지 않는 점이 있다.

"하지만 그렇다 해도 자료에서 정보를 삭제할 정도인가? 분명히 문제이긴 하지만."

"그런데 그것뿐만이 아닙니다. 계속 읽어 보십시오."

보좌관의 재촉에 피시는 자료의 페이지를 넘겼다. 거기에는 학교에서 이루어진 과거 2년간의 시험 결과가 있었다.

"이건……."

피시는 자신의 눈을 의심했다. 문학, 역사, 수학, 검술, 전쟁사—— 학교에서 시행한 모든 시험에서 우수한 결과를 내고 수석의 자리에 오른 생도 한 명의 이름이 지워져 있었다.

"입수한 시점에서 그렇게 되어 있었습니다. 그 수석의 존재는 의도적으로 지워진 겁니다."

왜 그런 짓을 한 것인가.

품은 의문에 번개 같은 깨달음이 내려왔다.

"지운 이유는 이거군. 외국인, 심지어 타국의 왕족이 다른 제국인을 제치고 정점에 군림했다는 불명예를 없었던 걸로 만들기 위해서……!"

이게 무슨 일인가. 이런 말도 안 되는 일이 있을까.

©Falmaro

제국은 스스로 키워낸 것이다. 자신의 목에 닿을 수도 있는 이 빨을.

그리고 그 이빨의 이름이 바로.

"웨인 살레마 아바레스트······!"

아래 보이는 마덴 병사들은 완전히 붕괴된 상황이었다.

아무리 정예를 자랑하는 군대라 해도 기습을 받으면 침착함을 잃는다. 하물며 머리 위에서 끊임없이 화살이 쏟아지는 와중에 냉정하게 있을 수 있는 인간이 얼마나 있으랴.

있다고 한다면 그만한 훈련과 실전을 경험한 지휘관과 병사 정도일 테고, 이런 상황에서 그들이 가장 먼저 할 일은 장수 주위를 지키는 것이리라.

그런 탓에 바위산 위에서 바라보는 니님의 눈에는 적장이 있는 곳이 손에 잡힐 듯이 보였다.

"궁병대는 그대로 적병을 쫓아 버리도록. 기마대, 간다."

"옛!"

니님의 호령 하에 숨어 있던 기마대가 일제히 바위산을 달려 내려갔다.

동요하여 통솔이 되지 않고 발도 멈춘 마덴 병사에게는 어찌할 방도가 없다. 돌격해 온 기마대에 잇따라 죽어간다.

"순조롭네요, 대장님!"

"당연해. 그렇게 되도록 무너뜨렸으니까."

담담히 대답하면서 니님은 지금에 이른 기억을 떠올렸다.

"――병사를 매복시킨다고?"

"그래."

마덴이 침공을 시작하기 반 개월 정도 전.

회의실에서 웨인은 니님에게 그렇게 말했다.

"이제 곧 마덴군이 쳐들어올 거야. 서로의 진군 속도를 예측해 보면 부딪치는 장소는 여기, 폴터 황야야."

웨인은 책상 위에 지도를 펼치고 그중 한 점을 가리켰다.

"폴터 황야는 바위산과 언덕이 점점이 있어서 병사를 숨기기에 딱 좋아. 여기에 미리 병사를 매복시키고 기습에 사용할 거야. 그래서 그 지휘를 니님에게 맡기고 싶어. 군부 쪽에는 이미 이야기를 해 놓았어."

"……질문이 몇 개 있어."

니님이 손을 들고 말했다.

"먼저, 마덴이 쳐들어오는 건 확실해?"

"간첩들의 보고를 종합하면 그 결론으로 수렴돼. 분명히 마덴은 한 달 이내에 쳐들어올 거야."

"감춰 둘 병사 숫자는?"

"신뢰할 수 있는 자를 선발해서 대략 7백에서 천 정도. 그보다 큰 병력은 숨길 수 없고, 우리 병력이 준비할 수 있으리라 예상되는 숫자보다 너무 적으면 적도 경계할 테니까."

"그 숫자라면 정말 기습용이네."

"그래. 상대의 주력을 낚았을 때 측면을 찌른다……는 게 이상적이겠지. 실제로 어떻게 될지는 전황에 따라 다르겠지만."

"실제로 출진한 다음 선행해서 숨기는 건 안 돼?"

"본대에는 적의 간첩도 침입했을 테니, 출진하고 나서 분리시키면 어딘가에 매복시켰다는 걸 들킬 거야. 그럼 기습 효과가 떨어져."

웨인의 막힘없는 대답에 니님은 고개를 끄덕였다. 여기까지는 문제없다. 하지만 가장 궁금한 점은 그다음이다.

"마지막으로, 내가 하는 이유는?"

"어라아~?! 니님 양 못 하시나요~?! 언제나 엘리트인 티를 내면서 뭐든지 할 수 있다는 얼굴을 했지만 그렇구나~! 못 하는구나~! ……아, 하지 마, 아얏, 아파!"

"진지하게."

"알았어, 알았으니까 내 손가락을 꺾여선 안 될 방향으로 꺾는 건 그만두라고!"

니님에게서 해방된 손을 털면서 웨인이 말했다.

"그렇게 복잡한 이유는 아니야. 그 일을 해내려면 한 달 동안 천 명이 좀 안 되는 병사를 숨죽이게 하는 통솔력이 필요해. 하지만 유력한 장수를 여기에 쓰면 본대 운영에 차질이 생기고, 이 중요한 전투에 모습이 보이지 않으면 적이 경계할 가능성도 있어. 그런 점에서 니님이라면 통솔이 가능하고 모습이 안 보여도 군사적 위협으로 여겨지지 않잖아?"

"확실히 그렇네."

니님은 대외적으로 웨인의 보좌관이자 문관이다. 하지만 군대를 이끄는 장수로서의 교육도 받았다. 병사들도 대대로 왕가를 떠받치는 일족인 니님을 얕보는 일은 좀처럼 없다.

"뭐, 더 대놓고 말하자면 니님과 라클룸 이외의 장수는 그다지 신용이 안 가서. 다른 놈들이 충성을 맹세한 건 아버지와 아버지가 운영했던 왕국이지 내가 아냐. 이렇게 두루 신경 써야 하는 역할을 주기엔 아직 미묘해."

"그렇지는 않다고 생각해. 그들은 제대로 웨인에게 충성심을 가지고 있어."

"아~니! 그렇게 방심하다간 금방 쿠데타를 당할걸! 역사가 증명한 일이야!"

경계심을 훤히 드러내며 있지도 않은 적을 위협하는 웨인을 보고 니님은 '이거야 원.' 하고 마음속으로 고개를 저었다. 이 모습을 보니 웨인과 무관들 사이에 신뢰라는 이름의 다리가 놓이는 것은 아직 먼일인 듯하다.

"뭐, 아무래도 힘들다면 내가 한다는 방법도 있지만. 니님이라면 내가 없는 동안 정무 지휘도 할 수 있고."

"그건…… 말도 안 돼. 웨인이 없어지면 누가 본대를 지휘한다고."

"아니, 애초에 이번 전쟁에서 지휘는 바칼에게 맡길 생각이야. 모처럼 군인이 공을 세울 기회인데 찬물을 끼얹고 싶지 않거든."

"······괜찮아?"

"바칼 영감은 무지막지 강하니까 안심하라고. 특히 그 사람의 야전술은 장난 아니거든. 만약 부딪치게 된다면 난 곧바로 도망칠 거야. ──엇, 이야기가 샜군."

니님은 고개를 끄덕이고 본제의 결론을 말했다.

"역시 웨인에게 그런 일을 시킬 정도라면 내가 해야겠지. 좋아, 병사를 이끌고 잠복해 있을게."

"맡길게. 활약할 기회가 있을지 없을지는 반반 정도지만. 나야 적당히 이기면 되니까."

"압승을 노려야 하는 거 아니야?"

"너무 크게 이기면 그건 그것대로 문제야. ······뭐, 그런 일은 일어나지 않을 테니까 별로 상관없어. 얼른 준비를 시작하자고."

니님은 끄덕였다. 잠복 장소 선정. 병사 선발. 잠복 도중의 식량 수배 등 할 일은 많았고 전부 비밀리에 해야만 한다.

다만 니님은 마지막에 한마디 걱정을 입에 올렸다.

"그런데······ 내가 없어도 제대로 일이 돌아가?"

웨인은 히죽 웃었다.

"돌아오면 아수라장일 거야."

'······일이 얼마나 쌓여 있을까.'

쓴웃음을 지으면서 니님은 부하와 함께 말을 달렸다.

니님 부대가 향하는 곳은 한 덩어리가 되어 이탈하려 하는 수십 명의 마덴 병사들이다. 그 중심에 적장—— 우르기오의 모습이 있었다.

"저, 적이 온다!"

"장군님을 지켜라! 전방을 단단히 막아라!"

마덴 병사들은 서둘러 방어를 굳혔다. 하지만,

"——허술해."

니님이 이끄는 기마대는 어이없을 정도로 쉽게 그 방어를 날려 버리고 돌입했다.

저항하는 마덴 병사를 쳐부수고, 기세를 떨어뜨리는 일 없이 니님의 부대는 중심으로 파고들었다. 그곳에 있던 우르기오는 닥쳐오는 적병을 향해 검을 휘둘렀지만 서로 스치자마자 오히려 팔이 잘려 낙마했다.

"큭, 아아아아아악……!"

우르기오가 고통에 절규하는 가운데 니님은 말을 멈추고 돌아섰다. 주위의 나트라 병사에게 보호받으며 우르기오를 내려다본다.

"당신이 장군이군?"

땀과 진흙, 고통에 찌든 우르기오가 니님을 올려다보았다.

"그, 그 목소리…… 그리고 흰 머리카락…… ."

"항복해. 바로 치료하면 살 수도 있어."

니님은 담담히 권고했지만 우르기오는 격앙했다.

"항복…… 항복하라고……?! 웃기지 마라!"

팔의 상처에서 피가 흐르고 금방이라도 끊어질 듯 호흡이 거친데도 계속해서 우르기오는 고함쳤다.

"나는 마덴의 장군이다! 여자, 그것도 재투성이 나부랭이에게 항복 따윌 하겠는가!"

"그래."

니님의 검이 휘둘러졌다.

검의 궤적이 우르기오의 목을 통과하고, 한 박자 늦게 머리가 미끄러지듯이 지면에 떨어졌다.

"머리를 들고 다니면서 장군이 죽었다고 선언해. ……그리고, 이 자의 마지막 말은 결코 입 밖에 내지 않도록."

"알겠습니다. 적장은 죽는 순간까지 말 없는 남자였다고 기억하겠습니다."

"그거면 돼."

부관이 머리를 들고 승리의 함성을 올렸다.

나트라 병사가 거친 함성으로 답하고, 남은 마덴 병사에게서 전의가 사라지기 시작했다.

그것을 바라보며 니님은 바위산 그늘로 눈을 돌렸다. 그곳에는 우르기오를 멋지게 낚은 본진의 병사들이 있었고── 그 중심에 선 소년을 향해 니님은 크게 손을 흔들었다.

"전하, 잘된 것 같습니다."

"그런 듯하군."

마덴 병사들은 뿔뿔이 흩어지기 시작했다. 지휘관을 잃은 그들에게 이미 저항할 힘은 없으리라.

©Falmaro

기습용으로 준비했던 복병이긴 해도 설마 멋지게 적의 대장을 끌어내 죽일 수 있을 줄은 웨인도 예상 밖이었다.

"이 전쟁, 거의 결판이 났나?"

물음에 바칼은 고개를 끄덕였다.

"적장을 죽인 것은 언덕 뒤편이니, 언덕 너머에서 싸우고 있는 본대에는 아직 전해지지 않았습니다. 그래서 신속하게 우리가 무사하다는 것과 적장의 전사를 공표할 필요가 있습니다. 그것만 끝나면 마덴군은 후퇴하겠지요."

"알았네. 그럼 그리하도록 하지."

"옛."

바칼의 지시로 부대가 움직이기 시작했다.

그 후 웨인 일행은 니님이 이끄는 부대와 합류해 언덕 위로 돌아갔다.

언덕 뒤편으로 사라진 총대장의 귀환과 적장 토벌 선언에 나트라 병사는 크게 활기를 띠었고, 반대로 마덴 병사의 사기는 바닥으로 떨어졌다.

게다가 우르기오와 함께 지휘관도 다수 죽었기 때문에 그들을 한데 모을 힘을 가진 자가 없어 마덴군은 그대로 패주하게 되었다.

이리하여 폴터 황야에서 시작된 양군의 전투는 고작 하루 만에 나트라 측이 압승을 거두는 형태로 결착이 났다. 참전했던 나트라 병사는 누구나가 승리에 들끓으며 영광이라는 이름의 미주(美酒)에 취했다.

그러나 단 한 사람.

'어떻게 하지이이이이……'

웨인만은 앞으로 일어날 전개를 생각하며 혼자 암담한 기분에 빠져 있었다.

"하아아아아아아아아아아아아아·········."

책상에 털썩 엎드리며 웨인은 망자의 한숨처럼 음울한 기운을 쏟아내고 있었다.

옆에 서 있는 사람은 니님이다. 전장에서와 달리 몸에 갑주는 걸치고 있지 않다.

평소라면 웨인의 기운이 떨어졌을 때는 니님이 이런저런 수를 써서 분발시키려고 하지만 오늘은 사정이 달랐다.

"······난처하게 됐네."

미간을 좁히고 있는 것은 웨인뿐만 아니라 니님도 마찬가지였다.

"출발 전에 웨인이 했던 말, 이제야 이해했어."

내가 무슨 말을 했던가 하는 얼굴의 웨인에게 니님은 지난날의 일을 떠올리면서 말했다.

"너무 크게 이기면 좋지 않다고 했던 거 말이야."

"신속하게 역공을 해야 합니다!"

지휘관이 외친 말은 여기 있는 대부분의 인간이 마음속으로 그렸던 것이었다.

"침공해 온 마덴군을 쳐부순 지금, 마덴군은 완전히 무방비합니다! 지금이라면 마덴의 영토를 크게 빼앗을 수 있습니다!"

폴터 황야의 전투가 결착이 난 밤.

향후의 방침을 정하기 위한 군사 회의에서 각 지휘관들은 크게 기염을 토했다.

"동감이오. 병사들의 피해가 적고, 단기에 결판을 냈기에 물자 소비도 적소."

"마덴 놈들이 두고 간 식량도 회수했으니 말이오. 너무 먹어서 병사들의 배가 터질지도 모른다니까."

군사 회의 자리에 웃음소리가 가득했다.

그들 사이에 조금 전 승리에서 오는 여유가 있다는 것은 틀림없다.

들떴다는 말로 정리해 버리기는 쉽지만 어쩔 수 없는 측면도 있다. 십수 년 동안 그늘에 가려져 있다가 마침내 승리와 영광이라는 이름의 빛을 받게 된 것이다. 그들도 사람인 이상 기쁨에 떠는 것은 당연하리라.

더구나 이번 전투가 방어전이었다는 점도 있다. 전쟁이란 영토를 빼앗아야 이익을 얻을 수 있고 방어로는 그다지 재미를 못 본다. 실리 면에서도 치고 들어가고 싶은 마음이 있으리라.

하지만.

'농담 말라고ーーーーーー!'

상석에 앉은 웨인은 그 자리의 분위기와는 정반대되는 심경이었다.

'예정에도 없는 행군 계획을 세우는 게 얼마나 리스크가 높은 줄 알아!'

폴터 황야는 나트라 왕국 영내이고 자세한 지도도 있다. 어느 길이 어디로 이어지는지, 강과 산의 배치, 지면의 경사, 도시나 마을이 어디 있는지 등을 사전에 알 수 있다. 그 덕에 매끄러운 진군과 보급도 가능하다.

그러나 마덴 국내가 되면 이야기가 달라진다. 간단한 지도는 있지만 정확도는 자국의 것과 하늘과 땅 차이다. 있어야 할 마을이 없거나, 조사했을 때보다 강의 수량이 늘어나 건널 수 없거나, 기록에 있던 길이 망가졌다거나ーー 하는 일이 비일비재하다. 몸이 가벼운 1인 여행이라면 어떻게든 할 수 있어도 수천 명의 집단이라면 방향 전환 하나만으로도 시간과 노력이 든다.

그렇게 전전긍긍하다 보면 어느샌가 병사의 사기는 떨어지고 보급이 정체되어 물자도 줄어든다. 마덴 측도 병사를 다시 준비해 내보낼 것이다. 그만큼 위험한 일이다.

'하지만 그렇게 말할 수가 없다고오오오오오오!'

서로 크게 다치고 승리했더라면 웨인의 지적에 많은 장수들이 수긍했을 것이다.

하지만 지금 같은 분위기에서 말하면 장수들의 눈에 웨인이 너무나도 유약하고 전쟁을 모르는 범부처럼 비칠 것이다. 그들의 충성심이 눈사태처럼 무너질 것이 틀림없고, 그 종착지는 쿠데타다.

'어떻게든 나 말고 다른 누군가가 말리게 할 수밖에 없어……!'

난처한 나머지 쥐어짠 작전이지만 니님은 이용할 수 없다. 지금도 웨인의 한 걸음 뒤에 대기하고 있지만 그 지위는 웨인의 보좌관이다. 부대를 지휘했던 것은 어디까지나 일시적인 일이었고 이미 지휘권을 반납했다. 이 자리에서는 발언권이 없다.

그렇다면 후보는 하나밖에 없다. 웨인은 조금 떨어진 자리에 앉은 라클룸에게 시선을 보냈다.

'라클룸! 이봐, 라클룸!'

시선을 알아차린 라클룸이 무슨 일인가 하여 웨인을 본다.

'지금 군사 회의의 흐름은 곤란해. 네가 끼어들어서 어떻게든 냉정하게 만들어!'

'……과연. 전하의 의도, 확실히 전해졌습니다.'

눈짓만으로 대화를 하고 있을 때, 딱 좋게 사람들이 라클룸을 떠보았다.

"라클룸 님, 귀하는 어찌 생각하시오?"

'부탁한다, 라클룸!'

'맡겨 주십시오.'

라클룸은 작게 끄덕이고 말했다.

"물론, 단숨에 쳐들어가는 것 외에는 없습니다!"

'아니야―――― 이 멍청아!'

웨인은 마음속으로 라클룸을 힘껏 때렸다.

'왜 밀어주고 앉았어! 해냈습니다 전하 같은 얼굴이나 하고, 급여 깎아 버린다, 이 초식 동물 자식!'

이미 회의장은 침공 의견 일색이다. 여기서 자신이 이의를 제기한다 해도 뒤엎을 수는 없으리라.

그렇다, 이의를 제기하는 걸로는 안 된다. 하지만 다른 방향에서 접근할 수는 있다.

'가능하면 이 방법은 쓰고 싶지 않았지만, 이제 이러쿵저러쿵할 시간이 없어!'

웨인은 결의와 함께 입을 열었다.

"──제군의 의견은 알겠다."

그 자리에 있는 모두의 움직임이 멎었다.

고양되었던 실내의 공기가 단숨에 고요해지고 모든 시선이 웨인에게 향한다.

"바칼."

웨인은 옆자리에서 잠자코 있던 바칼의 이름을 불렀다.

"대승을 거둔 지금, 우리에게 큰 흐름이 있다는 모두의 주장은 이해할 수 있다. 하지만 예정에 없는 행군으로 군에 어느 정도의 부하가 걸릴지 경험이 없는 나는 올바르게 측정할 수 없어. 의견을 듣고 싶네."

"예……."

노인은 공손히 고개를 끄덕였다.

"우리 군의 기세는 오래가지 못합니다. 승리의 여운이 가라앉은 후 병사들에게는 강한 피로가 밀어닥치겠지요. 귀로에 오른 상태라면 남은 기력으로 이동할 수는 있겠지만, 끝이 보이지 않는 침공의 한가운데라면 병사들은 반드시 무릎을 꿇을 것입니다."

"음……."

"허어……."

지휘관들이 하나같이 떨떠름한 얼굴을 했다. 찬물을 끼얹은 것이니 당연하다. 그러나 이 자리에서 가장 전장의 경험이 많은 바칼의 말은 그리 가볍게 부정할 수 없다.

'여기까지는 예상대로다──!'

원했던 반응을 느끼면서 질문을 계속한다.

"그럼 후퇴해야 한다고 생각하는가?"

그렇다고 말해 주면 편해지겠지만 아마도 그리되지는 않을 것이다.

웨인의 예상대로 노인은 고개를 저었다.

"지금이 호기라는 것은 틀림없으니 뻔히 보면서 놓치는 것도 어리석지 않은가 합니다. ……필요한 것은 막연히 침공하는 것이 아니라, 병사의 기력과 체력을 확실히 파악하고 명확하게 목표를 좁히는 것입니다."

"……모두에게 다른 의견이 있는가?"

웨인의 발언에 그 자리에 있는 지휘관들은 침묵으로 대답했다.

"좋다. 그렇다면 바칼의 의견에 입각해서, 나에게 한 가지 제안이 있다."

모두의 앞에 놓인 이 근방의 지도를 웨인이 노려본다.

"아는 바대로, 이 지역은 윤택한 땅이 아니다. 그것은 나트라 령만이 아니라 마덴령도 마찬가지지. 마덴 동부에 전략적인 요 지는 많지 않아. 그리고 우리 군의 체력을 생각했을 때 도달 가 능한 지점이자 공략할 의미가 있는 장소라면——."

웨인은 지도의 한 점을 가리켰다.

그곳은 마덴 동부의 산악지대. 얼마 전까지는 아무런 가치도 없었지만 지금은 최중요 거점 중 하나.

"——질라트 금 광산. 노린다면 이곳밖에 없겠지."

술렁임이 지휘관들 사이에 퍼졌다. 웨인을 앞에 두고도 채 감 추지 못한 당혹감이 거기 있었다.

일변한 분위기에 웨인은 마음속으로 회심의 미소를 지었다.

'그렇지, 그런 반응을 보여야지. ——아무리 생각해도 금 광 산은 무리지!'

질라트 금 광산은 현재 마덴군의 요지 중에서도 요지. 어쩌면 왕도보다도 중요할 수도 있다. 자세하게 조사하지는 하지 않았 지만 방비가 견고할 거라는 데는 의심의 여지가 없다.

제대로 조사도 안 한 그런 곳에 전쟁의 피로가 남은 채 쳐들어 간다. 아무리 전략적 가치가 있다고 해도 무리이고 무의미한 데 다 무모하기 이를 데 없다. 물론 웨인은 그런 사실을 알고 있다.

그런데 왜 제안했느냐면, 지휘관들에게 이 진군의 의미가 약 하다고 생각하게 하기 위해서였다.

지휘관들은 이렇게 생각할 것이다. 금 광산은 무리다. 쳐들어

간다면 다른 곳밖에 없다. 하지만 어디를 공격하지? 금 광산만큼이나 가치가 있는 장소가 동부에 있는가?

없다. 없는 것이다. 동부에 금 광산 이상으로 중요한 거점은 없다. 그렇게 되면 그 순간 다른 후보가 처지는 것처럼 느껴진다. 작은 요새나 마을 따위를 점거해 봤자 금 광산에 비하면 얼마나 무가치한가. 그것을 의식했을 때 지휘관들의 기세가 내려가는 것은 자명한 이치다.

'무리한 길을 제안한 내 평가가 다소 떨어지겠지만 허용 범위 이내야! 이걸로 철수 쪽으로 움직일 수 있다고 생각하면 싸게 먹히는 거지.'

나의 계책이 이루어졌도다. 웨인은 마음속으로 승리 포즈를 취했다.

"……전하."

지휘관 중 한 사람이 굳은 얼굴로 입을 열었다. 아마도 웨인의 제안이 무모하다는 것을 어떻게 납득시킬지 머리를 풀 회전시키고 있으리라. 웨인은 지휘관의 체면이 상하지 않도록, 정말로 충신의 간언에 마음이 움직인 듯한 태도를 취하려고 마음을 가다듬고──.

"혜안에 진정으로 감복했습니다."

"엥?"

전혀 상상한 범위가 아니었던 대답에 눈을 깜빡였다.

"질라트 금 광산…… 틀림없이 전하의 말씀대로, 노린다면 이곳밖에 없겠지요."

"이거 놀랐습니다. ──설마 저희가 이전부터 몰래 질라트 금 광산 탈취 계획을 세우고 있었다는 것을 전하께서 알고 계셨다니!"

"엥?"

"최근의 조사로는 광산의 진지가 취약하고 수비병은 천 명이 안 된다 합니다. 진군 경로도 충분히 검증해 두었습니다."

"전쟁에 '절대'는 없지만, 도전할 가치가 있겠지요."

"우리가 승리로 들떠 있는 동안 전하께서는 탈취 계획을 실시할 수 있을지를 고려하고 계셨다니. 신하로서 부끄러울 따름입니다."

"그럼 전하, 바로 진군 명령을 내리소서!"

"이대로 질라트 금 광산으로 쳐들어갑시다!"

"전하!" "전하!" "전하!"

"………………"

웨인은 딱딱한 미소를 지으며 곁에 선 니님을 슬쩍 보았다.

'……니님, 헬프.'

니님은 보드랍게 웃었다.

'미안, 무리.'

이리하여 나트라 왕국군의 마덴 침공이 결정되었다.

◆ ◇ ◆

"적당한 승리였다면 제동을 걸 수 있었는데……."

축 늘어져 신음하는 웨인에게 니님이 미안한 듯이 말했다.

"적장을 포박했더라면 신속하게 전후 협상을 시작해서 화친으로 끌고 갈 수 있었을지도 모르겠네. ······미안해, 웨인."

"항복 권고를 했는데 무시한 거잖아? 그럼 어쩔 수 없지, 신경 쓸 것 없어."

"······그렇지."

"문제는 이다음이야. 우선 금 광산의 수비 상황이 기만이 아닌지 재확인하고."

"보급선을 재검토하고, 병사의 사기를 최대한 높게 유지하고."

"마덴 측이 대처하기 전에 금 광산을 빼앗는다."

말은 쉽지만, 얼마나 어려운 일인가.

비록 사전에 계획을 세워놓았다고는 하나 연전이다. 반드시 어딘가에서 발이 걸릴 것이다. 하지만 발이 걸린다면 그것을 이유로 후퇴에 현실감을 줄 수 있다.

웨인은 그렇게 생각하고 있었고 니님도 그렇게 되리라고 생각했다.

──그러나.

"빼앗아 버렸구나아~."

"빼앗아 버렸네에~."

두 사람은 나란히 방 창가에서 바깥을 보았다.

별이 뜬 밤하늘 속에 하늘을 찌를 듯이 솟은 거대한 그림자가 보인다.

그림자의 이름은 질라트 금 광산. 마덴의 금맥이자 오늘 나트라 왕국군이 점령한 광산이었다.

두 사람이 있는 곳은 광산 기슭에 있는 저택의 한 방이었다.

"······설마 이곳의 수비병이 그렇게 약할 줄은."

"깜짝 놀랄 정도로 약했지······. 가볍게 한 번 쳤을 뿐인데 도망쳤고."

"아마 여기를 관리하던 인간이 예산을 중간에 빼돌렸겠지. 마덴 왕도 제대로 감시를 하란 말이야······."

"말해도 별수 없어. 그보다 앞으로 어떡할지 생각해야지."

"그러게에······."

예상 밖이고도 거대한 문제에 웨인과 니님은 나란히 신음소리를 냈다.

◆ ◇ ◆

마덴의 엘리슬로 궁전은 마덴의 졸부스러움을 상징하는 건축물이었다.

금 광산의 수입에 기분이 좋아진 이번 대 마덴 국왕, 프슈탈레 왕의 지휘로 착공되어 고명한 기술자, 고가의 자재, 윤택한 자금이 아낌없이 사용되었다. 관계자들은 모두 역사에 남을 훌륭한 궁전이 완성될 것이라고 생각했으리라.

그러나 유감스럽게도 일류의 인력과 자재와 자금이 모인 이곳에 삼류 국왕이라는 어찌할 도리가 없는 이물질이 섞여 있었던 것이다.

　인간은 누구나 장점이 있다고 한다. 프슈탈레 국왕의 장점이 무엇인지는 알 수 없지만 적어도 예술 방면이 아니라는 것은 이 것으로 증명되었다. 왕이라는 절대적인 권력을 가진 그는 닳은 동전보다도 얇은 지식과 편협한 미의식을 아낌없이 설계도에 퍼붓고 콧대를 세우면서 장인들에게 들이밀었다고 한다.

　거의 어린애 장난에 가까운 설계도를 왕의 기분이 상하지 않도록 온갖 기교와 변명을 구사해 봐줄 만한 형태로 고친 장인들에게는 과연 감탄할 만하다. 그들에게 전혀 명예롭지 않은 형태이긴 했지만 그 실력이 진짜라는 것만큼은 안팎으로 보여줄 수 있었다.

　그러나 아무리 명장이라 할지라도 한계는 있다. 사람이 왕래하기 힘들게 토막토막 끊어진 동선, 일치하지 않는 내부 디자인, 통일성 없이 잡다한 집기류—— 예술미로 보든 기능미로 보든 삼류 건물이라는 것은 조금만 눈썰미가 있는 사람이라면 명확하게 알 수 있었다.

　유일한 위안이라면 프슈탈레 왕이 그 조금의 눈썰미조차 없는 인물이었다는 점과 궁전에서 일하는 사람들이 그것을 지적하지 않을 정도의 분별력을 가지고 있었던 점이리라. 이리하여 벌거벗은 임금님은 스스로 만든 완벽한 궁전의 왕좌에서 거들먹거리며 기분 좋게 있을 수 있었다.

　그러나 어떤 의미로 평화로운 그 광경은 최근 며칠간의 궁전에서는 사라져 있었다.

"이게 무슨 일이냐, 이게 무슨……."

의미 없이 긴 것으로 알려진 엘리슬로 궁전의 서쪽 회랑을 장년 남성이 빠른 발걸음으로 걸어가고 있었다.

둥그렇다. 아무튼 둥그렇다. 다리가 짧은데 팔도 짧고, 게다가 몸통과 얼굴도 둥글어서 걸어차면 필시 보기 좋게 굴러가리라 생각되는 체형이다.

그의 이름은 지바. 마덴의 외교관 중 한 명으로 지금은 왕궁에서도 소수파가 된 본토파이기도 하다.

"빨리, 한시라도 빨리……."

파랗게 질린 표정으로 몇 번이나 중얼거린 지바는 이윽고 큰 홀에 도착했다. 그곳은 벽 구석에서부터 기둥 그늘까지 장식을 가득 메운, 엘리슬로 궁전에서도 한층 사치스럽게 만들어진 곳으로 프슈탈레 국왕이 좋아하는 장소였다.

그래서 최근 어전회의는 계속 여기서만 열리고 있었고 오늘의 임시회의도 마찬가지였다.

"이게 도대체 어찌 된 일이냐!"

홀에 도착하자마자 몸이 움츠러들 듯한 노성이 울려 퍼졌다.

"질라트 금 광산을 하필이면 나트라의 날파리들에게 빼앗겼다고?!"

홀 중심에 놓인 긴 탁자. 마덴의 중신들이 줄지어 선 가운데 얼굴을 검붉게 물들이며 있는 대로 소리를 치는 그 인물이 바로 국왕 프슈탈레다.

프슈탈레는 훌륭할 정도로 비만이었다. 지바의 체형은 유전으로 타고난 것이었지만 왕의 체형은 자기 사전에서 절제라는 말을 지운 결과였다.

지금의 그에게는 눈에 들어오는 모든 것이 분노의 대상이리라. 지바는 그 몸에 어울리지 않는 민첩함으로 기둥 그늘을 지나 긴 탁자 자리에 앉아 있는 한 사람 뒤에 무릎을 꿇었다.

'미단 님, 늦었습니다……!'

미단이라 불린 그 노인은 마덴 왕국의 외무대신. 즉 지바의 상사다.

'이 상황에서 지각이라니, 어디서 딴짓을 하고 있었나, 지바.'

'죄송합니다. 대사와의 회담이 길어져서.'

'흥, 이야기는 들었겠지?'

'예…….'

'그럼 됐다. 지금은 물러나 있어라.'

미단의 명을 받고 지바는 인사를 하고 홀 구석으로 다가갔다.

공교롭게도 그때 홀에 프슈탈레와는 다른 목소리가 울렸다.

"왕이시여, 화내시는 것은 당연합니다."

프슈탈레 왕에게 가까운 자리에 앉은 남자의 이름은 홀로뉘예.

등이 구부정하고 말랐으며, 일그러진 미소를 띤 섬뜩한 모습에서는 상상하기 힘들지만 마덴의 재무대신이다.

'쯧, 간신배 놈…….'

지바는 마음속으로 혀를 찼다. 불쾌하게 생각하는 자는 지바뿐만이 아니어서, 그 남자가 말을 시작함과 동시에 자리에 있던 사람들의 절반이 얼굴을 일그러뜨렸다.

"하지만 이대로 있다간 사태가 악화될 뿐…… 조속히 대책을 세워야만 합니다."

"상당히 제멋대로시구려."

입을 연 사람은 미단이었다.

"홀로뉘예 님, 금 광산은 수비병 지휘도 포함하여 귀하에게 일임했을 터. 우리 나라의 최중요 거점이라 할 수 있는 그곳을 쉽사리 빼앗기고도 그 언동…… 자신의 책임을 흐지부지 넘어 갈 셈이오?"

미단의 안광은 젊은이라면 움츠러들 정도로 위압감이 있었 다. 안이한 변명은 결코 용서하지 않겠다는 의지가 느껴진다.

그러나 상대인 홀로뉘예도 예사로운 인물은 아니라 전혀 동요 하지 않고 대답했다.

"쉽사리 빼앗겼다는 말은 틀렸소, 미단 님. 보고에 따르면 수 비병은 모두 나트라 병사에게 과감히 응전하여 그 책무를 다했 다고 되어 있소."

"그럼 왜 빼앗겼단 말이오."

"그야 물론, 폴터 황야의 패전이 원인이겠지요."

홀로뉘예는 히죽 하고 섬뜩한 미소를 지었다.

"예에, 그렇고말고요. 그 전쟁에서 우르기오 장군이 그리도 간단히 죽지 않았더라면 결과는 달랐고말고요."

홀로뉘예는 일변하여 시치미 떼는 표정을 지었다.

"그리고 보니 군의 지휘를 누구에게 맡길지 선정할 때 우르기오 장군을 추천한 것은 본토파(마디아) 여러분이셨지요. 이거 참, 실속 없는 인간일수록 남의 발목을 잡고 싶어 하는 법. 미단 님도 그리 생각지 않으시오?"

"네 이놈……."

현재 마덴의 신하들은 크게 두 파벌로 나뉘어 있다.

그중 하나는 지바도 소속된 본토파(마디아)이다. 마덴에서 태어나 마덴에서 자랐고 마덴에 봉사하기를 선택한 토박이 마덴인으로 구성된 파벌이다. 파벌 내에 알력도 있기는 하지만 전체적으로 마덴에 대한 충성심이 높다.

다른 하나가 외래파(스텔라)이다. 외국 출신이면서도 능력을 인정받아 요직에 앉는 것이 허락된 자들의 파벌이다. 전체적으로 국가에 대한 충성심은 약하고, 높은 봉록이 그들을 나라에 매어 두고 있다.

이 두 파벌의 대립은 최근 몇 년 사이에 격해졌다. 예전에는 외래파의 숫자가 너무 적어 파벌을 이루지조차 못했기 때문이다.

그렇다면 왜 외래파가 대두했는가 하면—— 그렇다, 금 광산 발견 때문이었다.

광산이 발견된 당시 왕궁에서는 위아래로 대소동이 벌어졌다. 마덴은 보잘것없는 빈국이었다. 적은 자금을 운용하는 데는 익숙해도 솟아난 행운의 여신을 다루는 법은 누구 한 사람 알지 못했다.

그때 재빠르게 나타난 것이 홀로뉘예를 필두로 한 외국인 관료들이었다. 그들은 타국에서 많은 정무를 맡아 해냈던 실적을 들고 나와 자신들이라면 이 행운을 올바르게 다룰 수 있다며 프슈탈레 왕의 환심을 샀다. 정치 싸움에서 산전수전 다 겪었던 그들에게 당황한 시골뜨기를 구슬리는 것은 쉬운 일이었다.

그들은 잇따라 왕에게 등용되어 그 능력을 유감없이 발휘했다. 그들의 정확한 지휘로 생겨난 막대한 금 광산의 이익에 프슈탈레 왕은 크게 기뻐하며 더욱 외국인을 중용하기 시작했다.

물론 본토파에게는 재미없는 이야기다. 나날이 권위를 더해가는 외래파를 향한 증오는 커질 뿐이었다. 외래파도 왕국 출생이라는 것만으로 거만하게 구는 본토파가 눈에 거슬려 견딜 수 없었다. 이리하여 양 파벌의 싸움은 이미 누구도 막을 수 없는 지경에 달해 있었다.

"그때 어째서 본토파의 강행을 허락하고 말았는지. 드라우드 장군에게 맡겨 두었다면 이리되지는 않았을 텐데. 마덴을 사랑하는 충신으로서 부끄러울 뿐이오."

"네놈이 충신을 자처하는 것이냐."

"물론. 나보다 이 나라와 왕을 경애하는 자는 없다고 자부하고 있소."

나트라로 출병할 것이 정해진 후 본토파의 우르기오와 외래파의 드라우드 중 누구에게 군을 맡길 것인가로 두 파벌은 격하게 대립했고 최종적으로 본토파가 승리를 가져갔다. 하지만 이제 와서는 그것이 반대로 돌아왔다.

'바보 같은 일이야.'

지바는 마음속으로 내뱉었다.

그는 본토파이기는 하지만 정쟁과는 거리를 두고 있었다. 파벌의 이익을 위해 국익에 해를 끼치는 일마저 서슴지 않는 두 파벌에게는 마음속 깊이 지긋지긋함을 느끼고 있었다.

"하찮은 말싸움은 그만하라!"

서로 노려보는 홀로뉘예와 미단 사이를 자르듯이 프슈탈레가 다시 목소리를 높였다.

"벌벌 떨며 도망쳐 온 놈들은 짐이 직접 갈가리 찢어 주겠다. 그러나 그보다 지금은 금 광산이 문제다. 홀로뉘예, 방책은 있겠지?"

"물론입니다. 하지만 방책을 쓸 정도도 아닙니다. 패전은 어디까지나 우르기오 장군의 불찰로 인한 것. 그렇다면 다음번에야말로 드라우드 장군에게 맡기면 될 일입니다."

"기다리시오."

미단은 즉시 끼어들었다.

"나트라를 얕보았던 우르기오 장군의 불찰은 분명히 있소. 그러나 장수를 바꾸면 그걸로 끝이라고 생각하는 것은 경솔하지 않소이까. 하물며 광산에 틀어박힌다면 웬만한 병력으로는……."

"그렇다면 지난 전투의 세 배의 병사를 준비하지요. 그걸로 눌러 버리면 될 일."

"멍청한 소리. 그만한 병사를 움직이면 국경 수비가 소홀해지오! 인접국 카바린이 우리를 노리고 있다는 걸 모르지는 않겠지!"

"그렇기 때문에 더욱이오. 그 금 광산은 우리 나라의 주춧돌. 되찾는 데 시간을 들였다간 국력이 떨어져 카바린 따위가 노리기 쉬워질 것이오. 주변국이 거병하기 전에 신속하게, 단숨에 탈환할 수밖에 없소. ……아니면, 미단 님께 따로 방책이라도 있으신지?"

값이라도 매기듯이 눈가를 일그러뜨리는 홀로뉘예.

미단은 시선을 끊고 프슈탈레에게 진언했다.

"폐하, 지금은 나트라 측과 대화의 장을 마련해야 한다고 생각합니다."

"……무엇 때문에 짐의 나라를 침략한 무뢰배와 자리를 함께 하라는 것이지?"

프슈탈레의 얼굴이 험악해진다. 그러나 미단은 두려워하지 않고 말을 이었다.

"우선은 대병력을 준비하는 데만도 시간이 걸립니다. 다음으로 그만한 병사를 마련해도 곧바로 탈환할 수 있을지 불명입니다. 나트라 군이 끈질기게 저항해 전쟁이 장기화되면 수많은 물자를 소비하여 인접국에 허점을 보이게 되겠지요. 그렇다면 나트라와 교섭하여 광산을 넘겨달라고 요청하는 쪽이 빠르고 안전하다 생각합니다……."

"그거야말로 멍청한 소리지요."

홀로뉘예는 비웃듯이 말했다.

"그 광산의 가치를 알고 있다면 내놓을 리가 없소."

"……금 광산을 가지게 되면 수많은 외국에 노려지는 데다,

그곳은 소국의 인재가 다루기에는 분에 넘치오. 그것은 그대도 알고 있겠지?"

"흠……."

홀로뉘예는 약간 말이 막혔지만 곧장 고개를 저었다.

"응한다 해도 상당한 자금을 요구할 텐데요?"

"교섭의 여지는 있을 거요. ……폐하, 부디 저에게 나트라와의 교섭을 맡겨 주십시오."

두 신하의 제언에 프슈탈레는 눈을 감고 생각에 빠진 얼굴이 되었다.

그리고 그 눈을 떴을 때, 시선 끝에 있는 사람은 홀로뉘예였다.

"……홀로뉘예, 드라우드 장군을 불러라. 탈환을 위해 병사를 일으킨다."

"예."

"폐하……!"

끈질기게 물고 늘어지려 하는 미단에게 프슈탈레가 고했다.

"그렇게까지 말한다면 놈들과의 교섭을 허한다. 해 보아라. ……병사가 모일 때까지, 짐이 만족할 만한 결과를 낼 수 있다면 말이지."

"……예!"

그리고 한동안 세부 내용을 결정하는 논의가 이루어진 후 어전회의는 종료되었다.

가신들이 잇따라 홀에서 빠져나가는 와중에 미단 곁에 지바가 무릎을 꿇었다.

"이야기는 듣고 있었겠지, 지바."

"예."

"지금 바로 정보를 모아 금 광산으로 향해라. 어떻게 해서든 금 광산 인도를 성립시켜라. 이 이상 외래파에게 공적을 빼앗기는 일은 피해야 한다."

"……."

"지바?"

"……예. 말씀 받들겠습니다."

다른 생각도 있지만 이것도 일이다. 게다가 대병력을 일으키는 위험도에 관해서는 지바도 동의하고 있었다.

'하지만, 단기간에 얼마나 할 수 있을지…….'

가슴속에서 불안이 부풀어 오르는 것을 자각하면서도 지바는 행동을 개시했다.

◆ ◇ ◆

니님 랄레이의 아침은 이르게 시작한다.

눈을 뜨는 것은 항상 동 트기 전 시간대이다.

빛이 귀한 시대다. 게다가 지금은 장소가 원정지라는 점도 있어 기름이나 양초 낭비를 피해야 한다. 그러니 일출과 함께 일을 시작하는 것이 가장 좋은 해답이다.

그리고 일어난 니님이 가장 먼저 하는 일은 욕실에서 몸을 청

결히 하는 것이다.

"······후우."

나트라군이 질라트 금 광산을 점거한 지 일주일.

과거에는 광산 관리자가 이용했고 지금은 임시 본진이 된 이 저택의 구조에도 익숙해져 정체되었던 업무도 풀리기 시작했다. 덕분에 이렇게 물을 끼얹을 시간도 낼 수 있게 되었다.

하지만 원정지라서 정말로 뒤집어쓰기만 하는 정도다. 아무리 그래도 넘칠 만큼 많은 온수에 담그거나 향유를 떨어뜨려 피부에 향을 배게 하는 일은 불가능하다. 때때로 여자의 마음이 튀어나와 지금보다 더 사치를 부리고 싶어지지만 보좌관의 이성으로 억누르고 있었다.

'자, 슬슬 깨우러 가야겠네.'

니님은 욕조에서 나와 물기를 닦고 채비를 갖췄다.

그리고 복도를 걸어 향한 곳은 웨인의 침실이었다.

"보좌관님. 오늘도 일찍 나오셨네요."

문 앞에는 경비병이 두 명 서 있었다.

"내가 늦잠을 자면 그만큼 전하의 기침도 늦어지시니까요. 경비 중 수상한 점은 없었습니까?"

"아무것도 없었습니다. 조용했습니다."

"좋습니다. 그럼."

병사가 문 앞에서 물러나고 니님은 웨인의 침실에 발을 디뎠다.

방 안은 간소했다. 저택을 접수한 바로 그날 안에 돈이 될 것은 몽땅 회수했기 때문이다. 원래 주인이 도망칠 때 잔뜩 들고 갔는지 크게 값어치 있는 물건은 없었지만.

하지만 물건으로 한정하지 않는다면, 지금 이 방에는 나트라 왕국에서 두 번째로 중요한 것이 있다. 침대 위에서 잠든 웨인 살레마 아바레스트다.

"······웨인."

그의 귓가에 얼굴을 가까이 대고 작게 속삭인다.

웨인은 일어나지 않는다. 알고 있다. 그는 잠을 좋아하지만 일어나는 건 좋아하지 않는다. 내버려 두면 해가 중천에 뜰 때까지 푹 잘 것이다.

그걸 막으려면 창문의 커튼을 열어 방에 빛을 들이고 그의 귓가에 힘차게 아침이 왔음을 알릴 수밖에 없다. 그렇게 하면 그는 나른하게 모포 속에서 기어 나온다.

하지만 니님은 곧바로 그렇게 하지는 않았다. 웨인의 머리맡에 턱을 괴고 잠든 그의 옆얼굴을 빤히 쳐다본다.

잠든 웨인 옆에서 잠시 시간을 보내는 것. 니님이 가끔 하는 특별한 사치다.

"웅······ 음냐."

웨인의 목에서 목소리가 희미하게 흘러나온다. 무슨 꿈이라도 꾸는 것일까. 표정이 부드러운 걸 보면 악몽은 아닌 듯하다.

'어쩌면 내 꿈이라거나.'

그런지 아닌지 알 도리는 없지만 만약 그렇다면 조금 기쁠지도 모르겠다.

'오늘 아침 식사는 웨인이 좋아하는 걸로 만들까.'

왕궁에서 식사할 때는 전담 요리사가 있지만 이 원정지에서 웨인의 식사는 니님이 관리하고 있다. 니님의 솜씨도 사용할 수 있는 식재료도 왕궁에서 나오는 요리보다 떨어지지만 왕태자의 입에 들어가는 음식이다. 니님 나름대로 정성이 들어간 요리를 준비하고 있다.

즐거운 기분으로 그런 생각을 하고 있는데 웨인이 풀어진 얼굴로 잠꼬대를 했다.

"가슴…… 크다…… 푹신푹신……."

"……."

니님은 자기 가슴을 탁탁 건드려보았다.

빈말로도 푹신푹신하다고 할 수는 없었다.

아침 식사는 웨인이 싫어하는 음식 풀코스로 차리기로 결심했다.

그리고 나서 니님은 발끈 화가 난 마음을 가라앉히려는 듯 그의 옆얼굴을 들여다보았다.

'……기분 탓인지 예전보다 남자다운 얼굴이 된 것 같아.'

웨인의 앞머리를 손가락으로 만지작거리며 생각한다.

'키도 아직 크고 있지. 어렸을 때는 나랑 비슷했는데 어느새 추월했고, 체격도 탄탄해졌고.'

반면 자신의 키는 그만 자랄 기색이 농후하다. 얼굴이나 체격도 곡선을 띠어 여자다워졌다. 그리고 가슴에 관해서는 언급하지 않기로 했다.

그런데도 웨인은 갑자기 어깨를 붙잡고 끌어안거나, 아끼지

도 않고 상반신을 드러내거나, 가슴이 어쩌니저쩌니 말하는 등
성별을 개의치 않고 어릴 때와 똑같은 거리감이다.

그걸 기쁘게 여기는 마음도 있지만 개운치 못한 마음도 있고,
무엇보다 그런 일을 당할 때마다 평정을 가장하면서도 심장의
고동이 빨라진다.

과연 그는 이런 마음을 알아차리고 있을까. 모르는 것 같다.
하지만 알면서 일부러 그러는 것 같기도 하다. '이 자식' 하는
마음이 커져서 순간 얼굴에 낙서라도 해 줄까 생각했지만 곧바
로 고개를 저었다.

'……슬슬 깨워야지.'

니님은 조용히 웨인에게서 거리를 두고, 마치 지금 막 방에 들
어온 듯한 발걸음으로 창문 커튼을 당겼다.

방에 새벽빛이 내리쬔다.

빛의 기척을 느낀 웨인이 작게 몸을 꿈틀거렸다.

"웨인, 일어나. 아침이야."

밤과 아침 사이의 그를 독점할 수 있는 한때에, 니님은 스스로
끝을 고했다.

"──이렇게 되면, 광산을 밑바닥까지 긁어서 이용하자."

집무실 창문 밖으로 보이는 광산을 바라보면서 웨인은 자신의
결론을 말했다.

©Falmaro

"괜찮아? 틀림없이 마덴과 또 전쟁할 텐데?"

곁에 있던 니님이 우려를 표했다.

광산 가동 자체는 가능하다. 광산에는 광부와 그 가족들이 살고 있어서, 점거한 당시에는 여러모로 혼란이 있었지만 지금은 주변을 포함해 모두 침착함을 되찾았다. 곧 그들의 협력을 얻어 일을 시작하게 될 것이다.

하지만 당연히 마덴 측은 준비가 되는 대로 광산을 되찾으러 올 것이다. 이 금 광산에는 그만한 가치가 있다. 국력이 더 큰 마덴이 진지하게 임한다면 얼마나 피해가 클 것인가.

하지만 웨인 또한 그렇게 예상하면서도 내린 결론이다.

"이미 빼앗은 건 어쩔 수 없어. 이제 와서 팽개쳤다간 군은 물론이고 나라의 사기에도 영향을 줄 거야."

그렇다면 니님에게 이의가 있을 리가 없다.

"그럼 문제는 마덴으로부터 어떻게 지킬지겠네."

"우선 주변 지리를 파악해야지. 간단하게 조사하긴 했지만 아직 부족해. 그리고 광산 내부사정도."

"어쩔 수 없는 일이지만 자료를 대부분 입수하지 못했던 게 안타깝네."

광산 수비병은 곧바로 퇴각했지만 그때 광산에 관한 자료는 모두 불태우거나 가지고 갔다. 함락당할 것 같으면 그렇게 하도록 사전에 정해져 있었으리라.

"실례합니다."

갑자기 누가 문을 노크했다. 라클룸이었다.

"전하, 각종 조사의 진척을 보고드리러 왔습니다."

"수고가 많군. 순서대로 시작해라."

"예. 우선 광산 주민들은 대부분 우리에게 호의적입니다. 전하의 지시대로 식량 배급과 주거 건설에 협력한 것이 주효했던 것 같습니다."

"우리 군이 도착하기 전에 그들이 당한 취급을 생각하면 무리도 아니겠지요."

라클룸이 나타났기 때문에 말투를 바꾸면서 니님이 말했다.

수비병을 쳐부순 나트라군은 그대로 광산 제압에 들어갔다.

당연히 그중에는 광부와 그 가족들이 사는 거주구도 포함되었고── 그곳에서 본 것은 다 무너져가는 오두막에 갇힌 비쩍 마른 사람들의 모습이었다.

그들은 값싸게 구매된 노예이거나 혹은 마덴에서 죄를 짓고 노역을 하도록 이곳에 보내진 자들이었다. 그중에는 죄를 짓지 않았음에도 권력자의 횡포 때문에 이곳으로 보내진 자도 있었다.

광산 노동은 가혹하기 짝이 없었고 제대로 된 식사도 할 수 없었다. 의사 따위는 생각할 수도 없었다. 주거도 폐자재를 긁어모은 듯한 꼴이라 대부분의 사람이 몇 년도 버티지 못하고 죽음에 이르는 상황이었다고 한다.

그런 그들의 궁핍한 상황을 알게 된 웨인이 식사를 배급하고 손이 비는 병사를 보내 간이 주거지 건설을 시행했다. 이에 광산 주민들은 모두 감사를 표했다.

물론 여기에는 웨인의 타산이 있었다. 물자 소모는 늘었지만 광산 운용을 빠르게 재개하기 위해서도 주민의 협력은 필수적이었다. 마덴과 부딪칠 것이 예상되는 와중에 불씨를 남겨 두는 것은 좋지 않다.

　'게다가 그렇게 비효율적으로 일하게 하면 아깝잖아.'

　사람이 죽는다는 것은 단순한 노동력 외에도 그 사람이 가진 지식과 경험 또한 잃는다는 뜻이다. 광부라고 해서 쉽게 죽으면 오히려 채굴이 정체된다.

　"지도 작성은 어떻지?"

　"광산 주변에 관해서는 하루 이틀 사이에 완성되리라 봅니다. 하지만 광산 내부 같은 경우는 갱도가 여러 갈래로 나뉘어서 파악하려면 조금 더 시간이 걸립니다. 광부들에게도 탐문하고 있지만 인력 교체가 극심하여 전모를 아는 자가 좀처럼……."

　"알았다. 그대로 진행해라. 보고는 그것뿐이겠지?"

　"예…… 한데 한 가지 다른 건이 있습니다."

　"뭐지?"

　"광산 주민 중 한 명이 전하께 면회를 요청하고 있습니다."

　웨인이 작게 고개를 갸웃했다.

　"진정을 받는 일은 자네에게 일임했을 텐데."

　"저도 그렇게 말했습니다만, 어떻게든 전하를 직접 뵙고 싶다고 합니다. 조사해 보니 주민들의 대표자 격인 사람 중 한 명인 듯합니다만."

　웨인과 니님은 서로를 마주 보았다.

"어떻게 생각하나?"

"뭔가 꿍꿍이가 있는 듯하군요. 만나 보는 것도 좋지 않을까 합니다."

"그렇지. 라클룸, 불러와라."

"예!"

라클룸은 일단 방에서 물러나고, 잠시 후 그와 함께 한 명의 남자가 나타났다.

온몸에 권태감을 띤 여윈 남자다. 이곳의 주민들은 대부분 여위었지만 그는 더욱 심했다. 슬쩍 찌르기만 해도 쓰러질 것 같다.

'……'

하지만 무릎을 꿇는 그 남자를 보고 웨인은 전혀 다른 생각을 했다.

"……처음 뵙겠습니다, 웨인 섭정 전하. 저는."

"펠린트."

웨인이 말한 이름에 남자는 번쩍 얼굴을 들었다.

"이전에 마덴의 고관들을 조사했을 때 기록을 보았다. 분위기는 상당히 달라졌지만 그 반응을 보니 맞는 모양이군."

"……소문과 같이 견문과 학식이 훌륭하십니다. 황공스럽습니다."

펠린트는 다시 고개를 숙였다.

"전하의 말씀대로 저는 펠린트라 합니다. 몇 년 전까지 마덴 왕궁에서 일했습니다."

"정쟁에 진 것인가."

"거듭, 통찰하신 대로입니다. 재산도 모두 빼앗기고 이곳에 끌려왔습니다."

"그렇다면 용건은 우리 나라에서 재기를 바란다는 것인가?"

자주 있는 이야기다. 그렇게 생각하면서 한 말이었지만 펠린트는 예상외로 고개를 저었다.

"바라는 마음은 있사오나, 이번에는 다른 소원이 있어 찾아뵈었습니다. 그를 위한 선물도 준비했습니다. ……부디 이것을."

펠린트가 내민 것은 낡은 두루마리였다.

니님을 경유해 웨인이 받아들고 내용을 확인한다. 그 눈동자가 놀라움에 흔들렸다.

"이것은…… 광산 내부의 지도인가!"

"예. 모든 갱도를 기록한 완전한 지도입니다."

지금의 웨인에게 절실히 필요한 물건이었다. 정확한지 확인할 필요는 있지만 이것이 있는지 없는지에 따라 향후 작업 진척도가 크게 달라지리라.

"왜 이것을 내게 주지?"

"섭정 전하께 필요하시리라 생각해, 불에 타기 전에 훔쳐냈습니다."

"……과연. 분명히 이것에는 천금의 값어치가 있다."

하지만 그렇기 때문에 웨인은 정신을 바짝 차렸다. 이 지도를 대가로 하는 소원은 어떠한 것일까.

"말해 보아라, 펠린트. 무엇을 바라는가."

"예."

펠린트는 오장육부에 힘을 불어넣듯이 크게 숨을 들이마시고는 말했다.

"──부디, 광산의 백성을 저버리지 마시기를 바랍니다."

"……뭐라?"

예상 밖의 말에 웨인은 미간을 좁혔다.

동석한 니님과 라클룸도 당혹스럽기는 마찬가지였다. 특히 라클룸은 불쾌한 듯이 얼굴을 찌푸렸다.

"무례하다, 펠린트인가 하는 자여. 전하가 얼마나 이곳의 백성들을 마음 아파하시는지 모르는 바도 아닐 터. 그걸 알면서도 저버리지 말라니, 무슨 생각이냐."

"그렇기 때문에 드리는 말씀입니다."

라클룸의 시선을 피하지 않고 펠린트는 말을 이었다.

"황공하오나 전하의 인덕을 이 눈으로 보지 못했다면 저는 입을 닫고 지도를 바친 상으로 돈을 받아 사라졌을 것입니다. 그러나 그렇지 않았습니다. 그래서 이것을 감출 수 없었던 것입니다."

그렇게 말하고 펠린트는 이번에는 서류다발을 꺼냈다.

"……그것은 무슨 서류인가?"

"제가 몰래 기록한 이 광산의 채굴 정보입니다. 부디 확인해 주십시오."

불온한 공기를 느끼면서도 다시 니님을 경유해 서류를 받아들고 시선을 떨어뜨린다.

펠린트가 말한 대로 서류 내용은 금 광산에서 채굴된 광물의 기록이었다. 최초 시기부터 기록된 듯해, 웨인은 순서대로 읽어나가다가——바로 최근의 기록에 이르러 멈추었다.

"……이보게, 설마 이건."

"예. 그 숫자가 가리키는 대로입니다."

펠린트는 엄숙하게 고했다.

"이 금 광산은 고갈되어 가고 있습니다."

질라트 금 광산에서 얼마 안 간 곳에 작은 마을이 있다.

이렇다 할 문제도 산업도 없는 조용한 마을이지만 지금은 다르다. 금 광산을 점거한 나트라군을 경계하여 근처에서 병사들이 모여들어 삼엄한 분위기 속에 있었다. 연줄이 있는 주민들은 이미 멀리 피난했지만 그렇지 못한 주민들은 숨을 죽이고 지내고 있었다.

그렇게 경계 태세에 있는 장소에 다가가는 여행자라면 괴짜거나 특별한 사정이 있는 자이리라.

파리를 날리고 있던 여관의 방 하나를 빌린 지바는 바로 후자였다.

"——이상이 광산 주민에 관한 보고입니다."

"그런가, 잘해 주었다."

방에는 남자 두 명이 있었다. 한쪽은 마덴 왕국 외교관 지바다. 다른 한쪽은 그가 개인적으로 고용한 밀정이다.

지바는 나트라 측과 교섭하기 위해 밀정을 파견하고, 동시에 신속하게 교섭 자리를 마련할 수 있도록 이 마을에 들어왔다. 그리고 며칠을 기다려 귀환한 밀정에게 보고를 받았는데── 그 내용은 귀를 의심할 만한 것이었다.

"설마, 금 광산의 주민들이 그토록 가혹한 취급을 받고 있었다니……."

방에 마련된 간소한 의자의 등받이를 삐걱대며 지바는 깊이 고개를 떨구었다.

소문으로는 들었다. 광부를 같은 사람이라 여기지 않고 막 다룬다고. 그러나 광산의 전권은 홀로뉘예에게 위임됐고, 또 확실히 이익을 내고 있었기 때문에 외래파는 물론이고 본토파도 깊게 추궁하지 못했다.

'……아니, 그게 아닐 거다. 아마 본토파의 상층부도 연루되어 있을 것이다.'

말 그대로 금맥을 쥐고 있는 데다 대국의 정쟁 경험자이기까지 하다. 이 건에서 본토파를 구워삶는 것도 어렵지 않았으리라. 그리고 상부가 침묵해 버리면 지바 같은 아랫사람들은 아무 말도 할 수 없다. 무리해서라도 문제화하려 하면── 문제가 되기 전에 바로 그 사람이 사라질 것이다.

"……나트라가 그들을 강압적으로 대하고 있지 않다는 건 틀림없겠지?"

"예. 그러기는커녕 식량을 나눠주고 주거지도 건설하고 있습니다. ……황공하오나 광산 백성들의 마음은 이미 마덴을 떠난 듯합니다."

"그렇겠지. 그럴 수밖에."

자신들을 노예처럼 취급해 온 나라에 충성심이 있을 리가 없다.

그들 입장에서 마덴은 악랄한 지배자이고 나트라는 해방자이니까.

"나트라 왕국의 왕태자…… 덕망 높은 소년이라고는 들었는데, 진실인 모양이군. 군대의 움직임은 어떤가?"

"주변 조사를 하며 지리 파악에 힘쓰고 있는 듯합니다. 그리고 아직 시작 단계였지만 방어용 보루도 만들기 시작했습니다."

"…….."

나트라 측도 방어전 준비를 착착 갖추고 있는 듯하다.

더 이상 느긋하게 있을 수 없다. 지바는 결단을 내렸다.

"갈 수밖에 없겠군. 사자로서 대화의 자리에."

"하지만 위험합니다. 경우에 따라서는 살해당할지도 모릅니다."

"그 정도 위험을 극복하지 못하고는 아무것도 얻을 수 없어. 여기서는 왕태자의 인덕에 걸어 보도록 하지."

굳은 결의와 함께 지바는 금 광산으로 향하기 위해 준비를 시작했다.

한편 그 무렵, 적국의 외교관에게 마음가짐을 높이 평가받은 웨인은,

"으어~……."

망자처럼 신음하며 책상에 엎드려 있었다.

"……언제까지 늘어져 있을 생각이야. 슬슬 일어나."

그렇게 말하는 니님의 목소리에도 평소 같은 힘이 없다. 이번 만큼은 그녀도 웨인의 낙담에 동조하고 있었다.

"……고갈된대. 고갈된다고. 하필이면 금 광산이. 본국에서 멀리멀리 원정을 나와서 점거하고, 마덴과 전쟁을 해서라도 확보하자고 결정한 바로 그때, 사실은 확보할 가치가 없었다잖아. 기운 빠지게에……."

그로부터 웨인 일행은 펠린트가 가져온 자료의 진위를 철저히 조사했다.

결과는 진실. 현재 채굴 중인 금맥이 곧 고갈된다는 것은 거의 틀림없었다. 웨인이 실의에 빠지는 것도 당연하다. 개인 수준에서 계획이 빗나갔다면 웃어넘길 수도 있겠지만, 국가 전략 규모에서 꽝을 뽑은 거라면 그럴 수도 없다.

"하지만 아무것도 안 하고 있을 수도 없잖아."

웨인을 향해서, 동시에 스스로에게도 니님은 말했다.

"아무튼 앞으로의 방침을 정해야지."

"방침이라 해도 후퇴밖에 없잖아."

웨인이 책상에서 아주 약간 얼굴을 들고 불쾌한 듯이 말했다.

"쳐들어온 건 여기에 가치가 있다고 내다봤기 때문이야. 점거

해서 방어를 굳히는 건 이곳의 가치를 유지하기 위해서고. 하지만 사실은 가치가 없었다면? 빠르게 손을 떼는 게 제일 상처가 덜해."

그 말이 옳다. 이러고 있는 동안에도 군단 유지에는 비용이 계속 든다. 하물며 적지에 파고들었다면 예사롭지 않은 자금이 나간다. 조기에 철수하는 것이 가장 현명하다.

"철수한다면 그 약속은 어떡하고? 펠린트가 말했던, 광산의 백성을 저버리지 않겠다고 했던."

"백성을 저버리지 말라고는 했지만 광산을 저버리지 말라고는 안 했잖아. 원하는 녀석들만 데리고 돌아가면 돼. 여기 있어 봤자 미래가 없고, 원래 우리 나트라는 다민족 국가야. 마덴의 광산민이 더해지는 것쯤이야 별거 아냐."

"……타당하네."

고개를 끄덕이고 니님은 말을 이었다.

"그럼 곧바로 주민들에게 포고를 내려서 철수 준비에 들어가면 돼?"

"……아니, 아직이야."

"어째서?"

"분명 불평이 나올 거 아냐, 지금 철수한다고 말해도."

원정으로 빼앗은 영토를 일방적으로 포기하다니. 군부뿐 아니라 나라의 체면에도 관계된다. 최소한 설득하기 위해서라도 뭔가 이유가 필요하다.

"군에 사실을 전하면 되잖아? 전원에게 말하기 어렵다면 지휘관에게만 말한다든가."

"지휘관으로 한정해서 말해도 반드시 병사들에게 새어나가. 그리고 새어나가면 사기는 확 떨어질 거고, 잘못했다간 주민들에게 폭행을 가하는 녀석들도 나올지 몰라. 가능하면 덮어 두고 싶어."

"그렇다면…… 마덴이 군사를 일으키는 걸 기다린다는 뜻이네."

"그래, 광산을 되찾기 위해 마덴은 상당한 대군을 끌고 나올 거야. 그 병력 차이가 명확해지면 철수하는 것도 납득해 줄…… 거야."

말끝이 애매한 이유는 지금까지 겹치고 겹친 예상 밖의 사건들 탓이다.

"차라리 아무것도 안 가르쳐 주고 타국에 파는 건 어때? 카바린이라든가."

펠린트 왈, 이 광산을 맡고 있는 자는 홀로뉘예라는 가신이지만 채굴된 금의 양은 관리를 경유할 때마다 횡령 때문에 숫자가 고쳐져서 아마 그도 정확한 전모를 파악하지 못했을 거라고 한다.

즉 금 광산 고갈을 아는 자는 펠린트와 그 자리에 있었던 웨인 일행뿐. 그럼 그대로 은폐하고 타국에 파는 것도 불가능하지는 않으리라── 하지만.

"단기간에 이야기를 마무리 짓기 어렵고, 장기적으로 가면 마덴과 부딪쳐야만 해. 그렇게 되면 채산이 애매해지고, 들켰을 때 반드시 원한을 산다는 게 좀."

고민스러운 부분이다. 기껏 빼앗은 곳을 아무것도 하지 않고 내버리기엔 아깝다.

어딘가 팔 곳이 없을까 하고 웨인은 머리를 굴렸다.

그때 별안간 저택 밖에서 소란스러운 소리가 들렸다.

"뭐지?"

니님과 함께 창문으로 밖을 내다보자, 무슨 일인지 병사들이 바깥을 어수선하게 왔다 갔다 하고 있었다. 설마 적습인가 생각했을 때 문을 노크하는 소리가 들렸다.

"전하, 실례합니다!"

약간 숨을 헐떡이며 나타난 라클룸에게 웨인은 즉시 질문했다.

"적의 공격인가?"

"아뇨, 아닙니다."

그럼 뭐냐고 눈짓으로 다음 이야기를 재촉한다.

"사자입니다. 마덴에서 사자가 지금 막 도착했습니다."

"_____."

그때 웨인이 눈을 부릅뜬 것은 사자가 도착했기 때문이 아니었다.

뇌리에 어떤 생각이 번뜩 떠올랐기 때문이다.

"전하와 회담을 요구하고 있습니다. 어떻게 하시겠습니까?"

"……그자가 이름을 댔나? 차림이 어땠지?"

"지바라고 이름을 댔습니다. 마덴의 외교관이라고 합니다.

행동거지도 고위 관료라는 것이 틀림없어 보였습니다."

"들은 기억이 있군. 니님은?"

"있습니다. 그런 이름인 자가 마덴 궁중에 있었을 겁니다."

"좋다. 라클룸, 사자를 응접실로 안내하라. 나도 곧 가지. 아무쪼록 실례되는 일이 없도록 해라."

"옛!"

라클룸은 즉시 발길을 돌려 방을 나갔다.

"니님, 응대 준비를 부탁해."

"알았어. 바로 준비할——."

말하던 입술이 멈춘다. 이유는 눈앞의 주군의 표정이다.

"왜 그래 웨인, 얼굴이 이상해."

"아니 뭐, 생각해 보니까 여기를 완전히 까맣게 잊고 있었구나 싶어서."

"……무슨 말이야?"

웨인은 히죽 웃었다.

"광산을 팔 곳 말이야."

저택 응접실로 안내된 지바는 의자에 앉아 교섭 상대가 오기를 기다리고 있었다.

조용히 눈을 감고 있는 것처럼 보이지만 옆얼굴에는 희미한 긴장감이 엿보인다.

하지만 무리도 아니리라. 그에게 여기는 이미 적진 한복판이다. 대화를 하러 파견한 사자가 살해당하는 일은 흔하다. 지금이러고 있는 동안에도 방 밖에 무장한 병사들이 모여들고 있을지도 모른다.

'……하지만, 그리되지는 않을 것이다.'

자신을 처리할 생각이었으면 기회는 많았다. 그리고 자신이마덴의 요인이라는 것과 왕태자가 어진 군주라는 평판을 생각하면 대화로 가져갈 가능성은 낮지 않다.

'애초에 그 대화가 제일 큰 문제지만 말이지.'

긴장하는 이유가 어느 쪽이냐고 한다면 그쪽이다.

빠르게 오는 것을 우선했기 때문에 상대에 관해서는 거의 조사하지 못했다. 알고 있는 정보는 단편적인 것뿐. 이것이 좋게작용할지 나쁘게 작용할지.

그렇게 고민하고 있자 문이 열리고 소녀 한 명이 나타났다. 투명한 하얀 머리카락과 붉은 눈동자. 플람 사람이다. 그러고 보니 마덴과 달리 나트라에서는 플람 사람이 드물지 않다고 들었다.

"섭정 전하 납시오."

소녀에 이어 문 너머에서 호위를 데리고 소년이 나타났다.

"──처음 뵙겠습니다. 섭정 전하."

지바는 소년에게 공손히 절을 올렸다.

"저는 마덴 왕국 외교관 지바라 합니다."

"나트라 왕국 섭정, 웨인 살레마 아바레스트다."

'젊다'고 지바는 생각했다. 십대 중반의 소년이라고 듣긴 했지만 이렇게 눈앞에서 보니 역시 앳된 모습이 아직 남아 있다.

하지만 동시에 그 행동거지에는 나라를 이끄는 인간이라는 자부심과 관록이 있었다. 혈통만이 장점인 장식품이 아니라는 것을 지바는 마음에 새겼다.

"──먼저 갑자기 들이닥친 형태가 된 것을 사죄드립니다, 섭정 전하."

서로 탁자를 사이에 두고 마주 보자 지바는 의례적인 사죄로 시작했다.

뒤에 니님을 대기시킨 웨인 쪽도 요령 있게 응했다.

"화급을 요하는 문제가 우리 사이에 존재한다는 것은 이미 알고 있네. 그 점에 관해서는 오히려 잘 와 주었다고 환영하고 싶군."

그리고 웨인은 어깨를 으쓱했다.

"그러나 상당히 갑작스러운 일이라서 말이네. 손님을 맞을 수 있는 곳은 이 방뿐이었지. 가능하다면 더욱 격식 있는 자리를 마련하고 싶었네만, 용서하게."

"황송한 배려이십니다. 사전에 연락을 드리지 못했던 것은 저희의 실수. 만약 초대받은 장소가 벌판이라 해도 감사할 따름입니다."

"그리 말해 주니 우리의 마음도 편해지는군."

웨인은 친구에게 보내는 것처럼 허물없는 미소를 지었다. 그의 인품이 그대로 드러난 듯해, 과연 나트라 백성에게 몹시 사랑받고 있으리라는 생각이 들었다.

하지만 지바의 마음에 방심은 생기지 않았다. 그는 나트라가 아니라 마덴의 백성이고, 무엇보다 본게임은 지금부터다.

"그래서 지바 경, 이곳에는 어떤 용건으로 오셨는가? 귀하도 알고 있는 대로 지금 이 땅은 마덴 백성이 숨쉬기 편한 장소는 아니네만."

왔다. 본제다. 지바는 한 번 세게 이를 꽉 깨물고 말했다.

"그야 물론── 우리 군을 대신해 이 땅의 경호를 맡아 주신 섭정 전하 및 병사 여러분께 감사를 드리고, 인수 준비에 관한 이야기를 하러 왔습니다."

지바의 말을 듣고 '뭐가 어째?'라는 얼굴이 된 것은 니님과 호위 병사였다.

만약 대놓고 뻔뻔하게 광산을 돌려내라고 말했다면 병사에게 는 살의가 끓어올랐으리라. 그러나 지바의 말은 그들에게 너무 나 예상 밖이었다.

실제로 그것은 웨인도 마찬가지였다. 다만 그가 다른 사람들 과 다른 점은──.

'과~연. 단단히 결심하고 왔군.'

니님과 병사들이 어안이 벙벙하고 있는 와중에 웨인은 순식간 에 지바의 진의를 꿰뚫어 보았다.

「웨인, 이게 무슨 소리야?」

니님은 종이에 날려 쓴 글씨로 웨인에게 물었다.

「즉, 서로의 침략 행위를 없었던 걸로 하자는 제안이야.」

빠르게 펜을 놀려 대답을 쓴다.

니님은 몇 초 정도 미간을 좁힌 후, 퍼뜩 깨달은 표정을 했다. 웨인은 그녀에게만 보이도록 씨익 웃었다.

마덴은 금 광산을 하루라도 빨리 되찾고 싶어 한다. 그러나 교섭을 시작하면 지난번 마덴의 침략행위에 관한 언급을 피할 수 없고, 배상과 포로 반환 및 국경선을 어디에 다시 그을 것인가 등으로 필연적으로 길어질 수밖에 없다.

'설마 양국 사이에 전쟁이 일어나지 않았던 것으로 해서 그 부분을 건너뛰려 하다니. 이 동그란 아저씨, 겉보기완 다르게 대담하게 들어오네.'

더구나 이 한 수는 마덴의 패전이라는 사실을 지우고 자존심이 강한 프슈탈레 왕의 체면을 세우는 것으로도 이어진다. 상당한 묘수라고 웨인은 생각했다.

"우리 나라가 카바린 등 인접국에 국경을 위협받는 동안, 최중요 거점인 이 땅의 수호를 맡아 주신 데는 어떻게 감사드려야 할지 모를 정도입니다. 물론 상응하는 사례는 드리겠습니다."

침략 행위에 관한 배상과 금 광산 매입을 사례라는 형태로 마무리한다. 당연히 사례가 얼마가 될지는 논의를 거치게 되겠지만, 그래도 일반적인 전후 교섭보다 이야기가 매끄럽게 진척되리라.

그리고 이 제안은 얼핏 보면 마덴 측에 유리한 것 같지만 나트라에도 이점이 있다.

"정말 살았습니다. 이 금 광산은 우리 나라의 생명줄. 만약 타국에 빼앗겼다면—— 총력을 다해 되찾고 괘씸한 적국을 용서 없이 멸하였겠지요."

이점이란 바로 이것이다.

마덴과의 전쟁을 피하는 것. 실제로 이 이점은 크다.

폴터 황야에서는 승리를 얻었다. 하지만 다음은? 다음에 이겨도 그 다음은?

국력 겨루기가 되면 나트라가 불리해질 것은 명백하다. 애초에 겨루기에 들어간 시점에서 국가로서는 막다른 길이다. 만약 마덴을 버텨 내도 다른 나라가 이때다 싶어 덤벼들 것이다. 물론 그럴 위험은 마덴 측에도 있지만—— 프슈탈레 왕의 이성이 그 위험도를 인식할지 어떨지 웨인은 몹시 의문이었다.

'프슈탈레는 자존심이 강하다. 몇 번을 지더라도 반드시 되찾으려 할 거야…… 그뿐 아니라 질 때마다 울컥하겠지. 공멸은 무조건 사양하겠어.'

그러므로 전쟁을 했다는 사실을 지우는 것은 나쁘지 않다. 패전의 오명이 사라지면 프슈탈레도 당장은 얌전히 있을 공산이 크리라. 그동안 마덴에서 가로챈 돈으로 국력을 키울 수 있다.

물론 단점도 있다. 예전부터 우려했던 국가의 체면 문제다.

특히 군부는 반발할 것이다. 전쟁을 했다는 사실을 지운다는 것은 그들의 공적도 공식적으로는 사라진다는 것이 된다. 마덴이 지불한 돈으로 보상한다 해도 감정적으로는 앙금이 남을 것이다.

하지만 그런 단점을 알면서도 지바의 제안을 받아들일 이유가 있다.

'지금까지의 흐름으로 알았어…… 틀림없이 마덴은 금 광산 고갈을 눈치채지 못했어.'

웨인 일행만이 아는 이 사실.

이대로 계속 가지고 있어도 언젠가는 꽝을 뽑았다는 사실이 드러나 군의 사기는 뚝 떨어질 것이다. 그렇다고 타국에 팔면 필연적으로 원한을 산다.

하지만 지금 마덴에 판다면?

손댈 틈도 없이 빠르게 반환된 것이다. 발각되어도 이쪽이 아니라 마덴 내부에서 서로 책임 미루기가 발생할 것이다. 만약 돈을 돌려내라고 해도 모르쇠로 일관하면 된다. 매각해서 떨어질 군의 평가도 진실을 알게 되면 영단이었다며 재평가할 것이다.

'전쟁을 피하고, 고갈된 광산으로 큰돈을 챙길 기회는 아마 지금 이때뿐이겠군……'

「저쪽의 제안을 받아들일 거야?」

니님이 글자로 묻자 웨인은 긍정했다.

「그래. 하지만 여기서 바로 물면 약점을 내보이게 될 거야. 조금은 흔들어도 줘야지.」

「너무 욕심 안 내는 게 좋지 않을까?」

「괜찮다니까. 어디까지나 부자연스럽게 생각되지 않을 정도로만 할 거야.」

불안한 얼굴을 하는 니님에게 웨인은 씨익 웃었다.

'……반응을 예상할 수가 없군.'

전쟁을 없었던 걸로 하자는 제안은 지바에게 고육지책이었다.

만약 조금 더 시간이 있었다면, 혹은 프슈탈레 왕의 도량이 좀 더 컸다면 다른 방법도 있었으리라. 하지만 단기간에 프슈탈레를 만족시키면서 실질적인 강화에 이를 방법을 지바로서는 이것밖에 떠올리지 못했다.

아까부터 하는 말에 일방적으로 열기가 깃든 것도 자신의 제안이 어렵다는 걸 이해하고 어떻게든 꾸미려 하고 있기 때문이다.

그러나 과연 이런 잔재주가 통하고 있을까.

맞은편에 앉은 소년은 이쪽을 빤히 쳐다보면서 침묵할 뿐이다. 어떤 말에도 미동조차 하지 않고 그저 지바의 눈을 똑바로 쳐다보고 있다.

'계란으로 바위를 치는 듯한 기분이지만…… 여기서 물러날 수는…….'

물러날 수는 없다. 하지만 그 생각이 흔들린다. 이유는 뇌리에 번뜩 떠오르는 도중의 광경이었다.

너덜너덜한 옷을 걸친 광산 사람들. 그런 그들에게 밥을 지어 나눠주고 있는 나트라 병사들.

만약 나트라군이 없어진다면 그들은 어떻게 될까. 돌아올 마덴의 관리인들은 과연 그들을 사람으로 대할까.

'……내가 무슨 생각을 하는 거지. 금 광산을 되찾는다. 그걸 위해 온힘을 다한다. 그거면 돼, 그거면 된 거라고.'

스스로에게 몇 번이나 되뇌던 그때 웨인이 움직였다.

"──리비."

말의 의미를 곧바로 이해하지 못해 지바가 당황하는 와중에 웨인이 말을 이었다.

"세프티, 레히스, 탈기아, 카랄……."

"서, 섭정 전하…… 그게, 무슨 말씀이신지?"

"이름이다."

웨인의 목소리에는 뼛속까지 식을 듯한 박력이 있었다.

"폴터 황야에서 죽은 우리 군 병사들의 이름이다."

"─────."

지바는 자신의 심장이 튀어 오르는 것을 느꼈다.

세상에 나오기 드문 어진 군주. 눈앞에 앉은 소년이 그렇게 평가받는 인물이라는 것은 알고 있었다.

알고 있었는데도.

"귀하의 주장은 이해했다. 어쩌면 그런 해석도 가능하겠지. 그러나 지바 경, 그러면 죽은 그들의 영혼은 어디로 가면 되는가? 조국을 위해 긍지 높게 죽어 간 그들의 묘비에는 뭐라 새기면 되는가?"

"그──것, 은."

"설마, '아무것도 없는 황야에서 죽은 얼빠진 자들, 여기에 잠들다'라고 쓰라──고는 하지 않겠지?"

매서움이 느껴지는 시선에 지바는 말을 이을 수 없었다.

그 모습을 보고 웨인은 마음속으로 쾌재를 불렀다.

'아싸, 통한다 통해!'

하지만 옆에 있는 니님은 기분 탓인지 떨떠름한 표정이다.

「너무 잘 통하는 거 아냐? 이러다 교섭 불가라고 생각하면 주객전도잖아?」

「아니 이 정도는 다들 하잖아. 오히려 한 번 더 압박하고 싶은데.」

다행히도 자신은 겉으로는 어진 군주로 통한다. 병사와 백성을 들이대는 것에 설득력이 있을 터이다. 그리고 교섭의 벽을 높일수록 상대는 돈을 올릴 수밖에 없게 되리라.

"지바 경, 이곳의 백성이 어떤 취급을 받고 있었는지 귀하는 아시는가?"

"……예."

"조금 전에 이곳의 대표자 중 한 명이 진정을 넣었다. 부디 광산의 백성들을 저버리지 말아 달라고. 마덴이 아니라 나트라인 우리에게. 그것만 보아도 그들이 어떻게 취급당했는지 알 수 있다. 만약 이곳을 그대들에게 넘겨준다면 그들은 어떻게 되지? 겨우 붙잡은 희망을 잃고 절망만이 남게 되겠지."

"…………."

"이런 사실들을 되새기고 다시 한번 묻지. ──이곳에는 어떤 용건으로 오셨는가, 지바 경."

──긍지 높은 사람이 되렴.

과거에 어머니가 한 말을 지바는 떠올리고 있었다.

이미 퇴색된 기억이지만, 계기는 괴롭힘당하는 소년 한 명에게서 눈을 돌린 일이었다. 입을 다물고 집에 돌아가 아무 일도 없었다는 듯 행동했지만 어머니는 다 꿰뚫어 보았다.

──긍지 높은 사람이 되렴. 미래의 자신에게 가슴을 펼 수 있도록.

그 말은 강하게 가슴에 남았고, 그래서 그렇게 되자고 생각했다. 10년, 20년, 30년, 계속 걸어온 자리에서 문득 뒤돌아보았을 때, 보이는 것에서 눈을 돌리지 않는 삶을 살자고 생각했다.

그렇게 생각했는데.

좌절. 압력. 보신. 파벌 싸움.

정신을 차리고 보니 어린 시절의 마음은 온데간데없고, 걸어가는 길은 양지에서 멀어졌다.

어쩔 수 없는 일이라고, 이상은 이루어지지 않기에 이상인 거라고 변명하면서.

그런데도 이 소년은 섭정이라는, 자신보다 훨씬 어려운 입장에 있으면서도 백성을 지키는 일에 주저하지 않는다.

"……섭정 전하."

"뭐지."

"대답하기 전에 한 가지, 제가 질문하는 것을 허락해 주셨으면 합니다."

"허락하지."

웨인의 눈에 망설임은 없다. 눈부실 정도로 곧다.

"……뒤에 계시는 분은 전하께 어떤 존재이십니까."

아름답고 투명한 머리카락을 가진 플람 소녀.

그때의 소년도 그랬다. 그 또한 플람 사람이었고, 그래서 박해받았다.

왜 지금에 와서 그날의 기억을 떠올린 것일까.

그 이유를 마침내 알았다.

"니님은, 나의 심장이다."

'나는, 이 사람처럼 되고 싶었던 거다——.'

'지금 그 질문, 무슨 의미가 있었던 걸까.'

딱히 망설이지 않고 대답은 했지만 웨인은 지바의 질문에 마음속으로 고개를 갸웃하고 있었다.

기색을 살피려 해도 지바가 고개를 숙이고 있어 안색을 엿볼 수가 없다. 바로 이때라는 듯 웨인과 니님은 글로 대화를 했다.

「내가 보기 드물어서 그런 거 아냐? 서쪽에선 외교의 장에 플람 사람이 있는 경우가 없잖아.」

「그렇게 생각하기엔 타이밍과 상태가 이상한 기분이 드는데.」

「그럼 그거네…… 백성과 병사를 보살피고 플람 사람마저 차별하지 않는 웨인에게 감동했다든가.」

「하핫, 사실은 이 외교관이 인정 많은 사람이라는 거야? 그건 아닐걸.」

「하지만 만약 그렇다면 교섭을 포기해 버릴지도 모르는데?」

「괜찮다니까. 그렇게 되면 코로 감자를 먹어 주겠어.」

그렇게 마음 편히 대답하고 있는데, 맞은편의 지바가 조용히 고개를 들었다.

"──섭정 전하의 마음은 잘 알겠습니다."

그 표정은 어딘가 상쾌하고, 무거운 짐을 벗어 버린 듯이도 보였다.

"전사자를 욕보인 제 발언을 용서해 주십시오. 전 말도 안 되는 착각을 하고 있었던 것 같습니다."

"……응?"

상태가 이상하다. 웨인은 그런 기분이 들었지만 지바는 그대로 말을 이었다.

"귀국이 피를 흘려 얻은 이 땅을 나트라의 땅으로 삼고 백성을 단연코 비호하실 생각이신 이상, 우리와는 창칼을 나누어 결착을 지을 수밖에 없다는 것은 명백합니다."

"엑."

"아마도 이 일을 끝으로 저는 외교관에서 해임되겠지요. 허나 귀국의 단호한 자세는 제가 한 톨도 흘리지 않고 프슈탈레 왕께 전하겠습니다."

"아니."

"그러면 섭정 전하, 저는 서둘러 왕궁으로 돌아가도록 하겠습니다. ──마지막으로 사적인 말씀을 드리자면, 전하처럼 덕이 높으신 분과 이야기를 나눌 수 있었던 것은 진정으로 영광이었습니다."

지바는 깊이 절하고 방에서 물러갔다.

웨인과 니님은 그의 등이 문 너머로 사라지는 것을 바라보며 그대로 잠시 동안 굳은 후, 서로를 마주보며 시선을 마주쳤다.

"어어…… 니님?"

"……일단, 감자를 준비해 오겠습니다."

니님이 할 수 있었던 말은 그것뿐이었다.

✛ 제4장 | 심장 ✛

　오라버니인 웨인이 군을 이끌고 서쪽으로 향한 뒤, 플라냐의 일과에는 자기 방 테라스에서 서쪽 하늘을 바라보는 시간이 추가되었다.

　그 행동이 아무런 쓸모도 없다는 것은 플라냐도 알고 있다. 오라버니가 아직 돌아오지 않으리라는 것은 오라버니에게서 착실히 전해지는 편지가 알려주었다. 아무리 집중해서 보아도 오라버니의 모습을 찾을 수는 없을 것이다.

　하지만 머리로 안다고 해서 자제할 수 있다면 고생할 일이 없으리라. 생각해 보면 오라버니가 제국에 유학을 갔을 때도 똑같은 짓을 했다. 그때는 동쪽 하늘을 바라보았지만.

　아무도 말을 걸지 않는다면 플라냐는 언제까지고 하늘을 계속 바라보리라. 그리고 국왕이 와병 중이고 왕자가 없는 나트라 왕궁에서 왕녀인 플라냐의 행동을 지적할 사람은 극소수다.

　"공주님, 이제 방으로 돌아오세요. 바람을 너무 맞으면 몸에 좋지 않아요."

　그중 한 사람인 시종 홀리가 방 안에서 부르자 플라냐는 돌아보았다.

홀리는 연배가 있으며 풍채가 좋은 여성이다. 피부가 살짝 검고 머리가 짧다. 다민족 국가인 나트라에서도 흔히 볼 수 없는 인종이다. 출신은 대륙 남쪽이라는데 자세한 것은 플라냐도 모른다. 철이 들었을 때에는 이미 홀리가 곁에서 시중을 들고 있었다.

"조금만 더. 오라버니의 무사를 기도해야 해."

"추운 테라스에서 하든 따뜻한 방에서 하든 기도는 똑같아요."

"그렇지 않아. 신께서도 힘든 사람의 기도에 더 귀를 기울이실 거라 생각하는걸."

"그렇다면 먼저 자신을 돌보라는 대답을 듣겠네요. 게다가 공주님, 멍하니 있다간 갓 구운 팬케이크가 제 위장에 들어가 버릴 거예요."

"어머. 먹을 걸로 낚으려 하다니, 홀리는 치사해."

"모처럼 갓 구운 음식을 놓치는 죄스러운 짓을 하지 말라고 제신께서 말씀하시거든요."

웃으면서 테이블 준비를 하는 홀리의 모습과 희미하게 풍겨오는 팬케이크 냄새에, 플라냐는 마침내 테라스에서 방으로 발을 옮겼다.

"나나키."

방에 돌아가자마자 플라냐는 벽을 향해 말했다.

그러자 마치 벽에서 스며 나온 듯이 소년 한 명이 모습을 드러냈다.

©Falmaro

이름은 나나키. 플라냐의 호위이며, 투명한 하얀 머리카락과 붉은 눈동자가 보여주듯이 니님과 같은 플람 사람이다.

"같이 먹자."

"……."

나나키는 고개를 끄덕하고 플라냐와 함께 자리에 앉았다. 홀리는 그 모습을 흐뭇하게 지켜보면서 팬케이크를 잘랐다.

"그런데 오라버니, 편지에서는 건강해 보이는데 진짜로 괜찮을까."

"좀처럼 약한 소리를 하시는 분은 아니니까요."

홀리는 플라냐와 마찬가지로 웨인도 오랫동안 봐 왔다. 그의 성격은 시기에 따라 차이가 있었지만 어떤 시기라도 자신의 약한 부분을 겉으로 드러내지 않는 아이였다고 생각한다.

"문제없어."

그때 묵묵히 팬케이크를 입으로 가져가던 나나키가 작게 속삭였다.

"왕태자님에겐 니님이 붙어 있어."

니님 랄레이. 웨인의 심복이며 플라냐에게도 언니 같은 인물.

"……그렇지, 오라버니랑 니님이 같이 있으니까."

플라냐는 니님도 웨인과 같을 정도로 신뢰하고 있다. 두 사람이 함께라면 못 하는 일은 아무것도 없을 거라고 생각할 정도로.

"그래. 오라버니와 니님이 있다면 나도 원정에 참가했어도 문제는……."

"안 돼."

"안 돼요."

두 사람에게 즉시 제지당해 "우냐앙." 하고 플라냐는 테이블에 엎드렸다.

"아무리 그래도 위험하고, 지금 공주님껜 그렇게 여유가 없어요. 정치 공부를 하고 싶다고 말씀하셨잖아요?"

"그건 그렇지마안."

지금까지는 금이야 옥이야 키워진 플라냐지만 최근에는 오라버니를 돕기 위해 열심히 공부하고 있다. 하지만 공부란 때때로 익히는 속도보다 귀찮아지는 속도가 빠른 것이 일반적이고, 지금은 강의 시간이 올 때마다 무심결에 신음소리가 나오고 만다.

"하아…… 분명 오라버니는 나 같은 건 상상도 못 할 만큼 어려운 문제라도 쉽게 풀어 버리겠지."

머나먼 서쪽에서 지금도 맹렬히 분투하고 있을 오라버니를 생각하며, 플라냐는 작게 한숨을 내쉬었다.

한편, 바로 그 웨인이 어쩌고 있느냐고 하면.

"큰일──났다아아아아아아아아아!"

동생의 생각과는 반대로 방에서 몸부림치고 있었다.

"저질렀다, 완전 제대로 저질렀어……! 설마 그 정도로 손을 떼다니 진짜냐고…… 진짜네…… 으어어어어어!"

"욕심부리다가 뒤통수를 맞았네."

대답하는 니님은 웨인과 달리 태연하지만 표정은 딱딱하게 굳어 있다.

"심지어 말이야! 엄청 소문이 퍼졌잖아! 회의 내용!"

"호위에게 입막음을 안 했으니까……."

외교 실패에 정신이 팔린 사이에 회의를 보고 들었던 호위들이 그 내용을 광산에 있는 군대와 주민들에게 유포했다.

심지어 애초에 회의 내용부터가 '돈의 힘으로 억지로 해결하려던 마덴의 제안을 백성과 병사를 생각하는 왕태자 전하가 단호히 거절했다'는 것이다.

원래부터 웨인에게 심취해 있던 호위들을 통해 이 내용이 전해지자 마덴이 얼마나 악역무도한 야만인들이며, 웨인이 얼마나 하늘의 뜻을 받은 마음씨 다정한 현인이냐는 내용이 되는 것은 필연적이었다.

그 결과,

"마덴 놈들. 나라를 지키기 위해 스러진 병사의 죽음을 모욕하다니, 도리를 모르는 짐승들이!"

"겉모습은 돈으로 속일 수 있어도 천박한 마음은 숨기지 못하는 모양이군."

"오오, 하지만 역시 왕태자 전하셔. 듣기로 국가 예산에 필적하는 돈을 들고 와도 단호히 고개를 끄덕이지 않으셨다던데."

"그분이야말로 진정 우리의 자랑이야. 왕태자 전하의 결단에 먹칠을 하는 짓은 못 하지!"

이런 상태로 군의 사기는 최고조. 광산 주민들도 감동의 눈물을 흘리며 부디 자신을 왕태자 전하를 위해 써 달라며 나설 정도였다.

　"이제 더는 철수할 분위기가 아니잖아…… 난 단지 금 광산을 팔아치우고 큰돈을 챙기고 싶을 뿐인데, 왜 이렇게 된 거야……."

　"끄어~." 하고 책상에 푹 엎드리는 웨인.

　그런 그를 위로하듯이 니님이 말했다.

　"……하지만 나는 잘됐다고 생각해. 이번 건을 거절해서."

　"뭐엉~?! 어떤 부분이 잘됐을까요 니님 야~앙?! 불량 채권을 돈 받고 떠넘길 절호의 기회를 놓쳤는데요~오?!"

　"하지만 저쪽 요구를 받아들였다면 군부의 자존심에 금이 갔을 거야. 그건 길게 보면 웨인의 통치에 흠이……."

　"아니, 애초에 나는 그렇게 오래 통치하지 않을 거고 즉위하면 제국에 얼른 나라를 팔고──오오오오오오?! 하지 마, 내 코에 감자를 집어넣으려고 하지 마……!"

　웨인은 어떻게든 니님의 만행을 저지하고, 빼앗은 감자를 손안에서 굴리면서 말했다.

　"아무튼 이 광산에서 손을 떼는 건 확정 사항이야. 다만 문제는 최고의 기회를 놓친 지금, 어느 타이밍에 손을 뗄까가 문제겠지."

　"군이 철저항전 일색인 지금, 성과도 없이 철수하는 건 말도 안 되겠지."

"마덴은 대군을 이끌고 올 거야. 전력 차이를 눈으로 보면 좋든 싫든 전쟁을 피하고 싶은 감정은 강해질 거야."

"지금은 상당히 사기가 높고 강해. 오히려 더 분발하는 거 아냐?"

"한 번의 전투는 부득이하다고 생각은 해."

불만스럽게 웨인이 중얼거렸다.

"피가 흐르면 자연히 사기는 떨어져. 게다가 교섭이 실패로 끝난 지금도 마덴은 조기 해결을 바라고 있을 거야. 교착 상태로 끌고 가면 강화를 맺어서 금 광산을 매입하라고 할 수 있을지도 몰라⋯⋯!"

"아직 포기 안 했어?"

"포기할 턱이 있나! 안 그래도 원정 비용이 불어나고 있는데, 돈을 낚아챌 수 있을 것 같으면 온 힘으로 낚아채야지!"

"그래그래, 알았어. 그럼 마덴의 동향에 주의하면서 농성전을 상정하고 준비를 서두르면 되겠지?"

"그걸로 좋아."

웨인은 고개를 끄덕이고 계속 말했다.

"그리고 마덴 왕궁에 내통자는 숨어들었지?"

"그래, 본토파와 외래파에 조금씩이지만."

"외래파를 밀어주고 광산 조기 탈환을 부채질해 줘. 부자연스럽지 않을 정도면 돼."

"조치할게."

"그리고 라클룸과 펠린트에게 진지에 관해 할 이야기가 있어."

"오케이. 하는 김에 불러 놓을게."

니님은 발길을 돌려 집무실에서 나갔다.

혼자가 된 웨인은 잠시 동안 감자로 장난을 치다가 천장을 올려다보았다.

"다음 전쟁은 바칼에게 맡겨 두기만 해선 될 것 같지가 않군……나도 움직일까."

◆ ◇ ◆

라클룸이 있는 곳에 니님이 나타난 것은 갱도 입구에 설치된 거점에서 펠린트와 갱도의 위치와 상태에 관해 이야기하고 있을 때였다.

"라클룸 대장, 전하께서 부르십니다. 펠린트도 함께 오라고 하십니다."

"알겠습니다. 바로 찾아뵙겠습니다."

병사를 지휘하고 주민들과 교섭하는 등 라클룸이 맡고 있는 잡무는 많았다. 하지만 웨인이 불렀다면 이야기가 다르다. 라클룸은 펠린트와 함께 저택으로 향했다.

"라클룸 경, 한 가지 물어봐도 되겠소?"

"뭐든 묻게."

최근 라클룸은 업무 내용상 광산의 대표 격 인사 중 한 명인 펠린트와 지내는 일이 많아 그럭저럭 대화할 수 있는 사이가 되었다.

그렇기 때문에 펠린트가 그런 질문을 한 것은 당연한 흐름이라 할 수 있으리라.

하지만,

"그 플람 소녀는 섭정 전하의 애첩이나 뭐 그런 거요……?"

"……."

그 순간 라클룸이 움직임을 멈추고, 그를 감싼 공기가 팽팽히 긴장되었다.

펠린트는 자신이 틀림없이 실언을 했으리란 것을 깨닫고, 라클룸의 손이 허리춤의 검 손잡이에 다가간 것을 보고 죽음을 각오했다.

"……펠린트 공, 그러고 보니 그대는 마덴 사람이었지."

"……그렇소."

펠린트는 천천히 고개를 끄덕였다. 즉사는 면했지만 아직 죽음이 바로 곁에서 떠돌고 있는 것을 피부로 느꼈다.

"그렇다면 신기하게 여기는 것도 무리는 아니지. 서쪽에서 플람 사람은 좋은 취급을 받지 못하니."

"……."

"니님 님은 왕태자 전하께 무엇과도 바꿀 수 없는 인물이지. 애첩이라는 측면도 분명 있겠지만 그 이상으로 중요한 보좌이고, 또 둘도 없는 친우이기도 하네."

"그렇다면…… 과연, 아무래도 실례되는 말을 해 버린 모양이오."

"아니, 사과할 필요는 없네. 오히려 알려 주게 되어서 다행이야. 이곳은 왕궁과 달리 니님 님을 모르는 자가 많이 있었지."

라클룸은 한동안 말을 고르듯이 눈을 감았다가 말했다.

"펠린트 공, 우리 왕태자 전하는 마음이 다정하시고 참으로 모시는 보람이 있는 분이네. 그러나 전하도 모든 왕이 그렇듯이 건드려선 안 될 역린을 가지고 계시네."

"……."

"내가 아는 한, 지금까지 공공연하게 니님 님을 모욕한 자가 셋 있네."

"……그자들은?"

"이제는 없네."

그 말의 의미는 펠린트는 재빠르게 알아차렸다.

"펠린트 공, 나는 그대에게 명령할 권한은 없네. 그러니 이것은 부탁이 되네만, 그대도 그대의 부하들도 철저히 말을 조심해 주길 바라네."

"……알겠소. 하지만 만약 누군가가 말실수를 한다면."

"그때는."

라클룸은 검 손잡이를 두드렸다.

"빠르게 없었던 일로 하는 것이 좋겠지. 분노한 용의 숨결에 불타는 것이 그자만으로 끝날 거라 단언할 수 없으니 말이야."

"……."

펠린트는 입을 다물었고, 두 사람은 침묵을 끌고 웨인이 기다리는 저택 집무실에 도착했다.

"전하, 라클룸과 펠린트입니다."

"들어오라."

라클룸은 펠린트와 함께 방에 들어갔다. 펠린트의 옆얼굴이 약간 긴장돼 보이는 것은 조금 전의 대화가 다소 영향을 미쳤기 때문이리라. 의자에 앉은 웨인의 모습을 인식하자 그들은 나란히 무릎을 꿇었다.

"부름을 받고 찾아뵈었습니다."

"저에게도 용건이 있으시다 들었습니다. 무엇이든 명하십시오."

두 사람의 인사를 받고 웨인은 고개를 끄덕이고는 말했다.

"지난번 마덴과 교섭이 결렬된 일에 관해서는 들었는가?"

"예. 들었습니다."

"그렇다면 이야기가 빠르겠군. 이제 마덴과의 교전은 피할 수 없을 것이다. 지금부터 군사 회의를 거듭해 세부 사항을 정하겠지만, 아마도 광산에 틀어박혀 대항하게 될 거다. 그래서 미리 자네들 두 사람이 진행해 주었으면 하는 일이 있다."

웨인은 씨익 웃고 그 계획을 말했다.

나트라군이 방어 준비를 착착 갖추는 한편 마덴 측도 광산 탈취를 위해 움직이고 있었다.

"병사는 지금 어느 정도나 모였느냐?"

궁정에서 준비를 진두지휘하는 사람은 대신인 홀로뉘예였다.

"현재 2만 정도입니다."

"예정보다 적지 않으냐. 어떻게 된 거냐."

"그것이, 본토파의 모나스 가문을 필두로 아직도 출병을 주저하는 자들이 있습니다."

"이런 상황인데도 볼썽사납구나. 이 이상 떼를 쓴다면 왕명으로 참수하겠다고 전달하거라."

"옛!"

부하들에게 지시를 내리고 다음으로 그가 향한 곳은 왕이 기다리는 홀이었다.

홀로뉘예가 나타나자 프슈탈레 왕은 초조함을 감추려 하지도 않고 말했다.

"홀로뉘예, 아직 나트라의 날벌레들을 멸하지 못했느냐."

"왕이시여, 조금만 더 기다려 주십시오. 반드시 승리를 바치겠사오니……."

"그런 것은 당연하다! 알겠느냐, 그놈들은 무례하게도 대화로 해결하기를 거절했다! 날벌레 주제에 나의 얼굴에 두 번이나 먹칠을 한 것이야! 용서할 수 있겠느냐!"

프슈탈레 왕은 애초부터 외교로 해결하는 것이 내키진 않았지만, 그렇다고 거절당하리라고는 전혀 생각하지 않았던 듯했다. 나트라 왕국을 압도적으로 급이 낮다고 생각하고 있는 왕은 대화를 제안하면 나트라 측이 비굴하게 굽실거리는 것 외에는 상상조차 하지 못했던 모양이었다.

홀로뉘예는 웃음이 멈추지 않았다. 그런 국왕 덕에 외교로 해결하자고 주장했던 정적 미단 대신은 왕에게서 경원시되어 반쯤 실각한 모양새였다. 게다가 탈환 작전 지휘는 외래파인 자신이 맡기로 해 이제 방해하는 자는 없었다.

이제 금 광산 탈취에 성공하면 왕궁에서의 지위는 반석에 오른다. 거슬리는 본토파를 몰아내고 정치도 제대로 모르는 왕 대신 일국을 좌지우지할 수 있으리라.

'허나, 이런 소국으로 만족할 내가 아니다…… 더욱 큰 것을 손에 넣어 보이겠다.'

부풀어 오르는 야심과 그것을 성취할 길이 뚜렷이 보여 홀로 뉘예는 환희했다.

그때 홀로뉘예에게 중요한 인물의 목소리가 들렸다.

"왕이시여, 여기 계셨습니까."

나타난 사람은 갑옷을 걸친 미장부 한 명이었다.

그가 바로 외래파에 소속되어 그들의 전면적인 지원을 받고 젊어서 장군의 지위에 오른 남자, 드라우드였다.

"도착이 늦어진 것을 사죄드립니다. 드라우드, 명을 받고 도착했습니다."

"흥, 겨우 왔느냐……."

신하의 예를 갖추는 드라우드를 보고 프슈탈레 왕은 무뚝뚝한 얼굴로 코웃음을 쳤다. 프슈탈레는 드라우드를 싫어했는데, 그 이유가 자신과는 비교도 안 되는 단정한 얼굴을 질투하기 때문이라는 것은 가신들 사이에서는 다 아는 사실이었다. 물론 이 상황에 이르러서는 아무리 프슈탈레라 해도 얼굴을 이유로 그를 멀리하지는 않으나.

애초에 드라우드가 젊고 얼굴이 잘생긴 것은 우연이 아니다. 용모가 단정하면 자연히 민중의 인기를 얻기도 쉽고, 젊으면 경험이 부족하니 조종하기도 쉽다. 능력보다도 정치적인 면을 중시하여 외래파가 내세운 사람이 드라우드다.

"잘 돌아왔소, 드라우드 장군. 서쪽을 수호하느라 필시 고생이 많았겠지요."

"아닙니다. 큰 충돌도 없이 안정적이었습니다."

그야 그럴 것이다. 마덴의 서쪽은 안정되어 있고, 장군으로서 수호를 맡았다는 간판을 얻기 위한 장소일 뿐이다. 아무리 무능해도 실패하지는 않는다.

"진정으로 고생하고 있는 것은 지금도 나트라를 계속 경계하고 있는 병사들이겠지요."

외래파와 연결되어 있는 드라우드는 당연히 동쪽에서 일어난 나트라와의 전쟁도 알고 있다.

"그 나트라에게서 우리 나라의 영토를 되찾아오기 위해 그대에게 지휘를 맡기겠소. 받아주시겠지요?"

"물론입니다."

드라우드는 힘 있는 미소를 지었다.

"나트라라면 레베티아교(敎)의 가르침을 알지 못하는 비천한 야만족 무리. 그런 자들이 사랑하는 나라를 뜯어갔다 듣고 치욕스러운 마음을 금치 못했습니다. 우리 왕과 신의 이름으로 놈들에게 주제를 가르쳐 주지요."

이리하여 마덴은 금 광산 탈환을 위해 군사를 갖추었다.

모인 병사는 총 3만. 총지휘를 맡은 자는 마덴의 외래파에서 무(武)의 상징인 드라우드.

대륙이 여름을 맞이할 무렵, 나트라와 마덴 양군은 부딪치기 시작했다.

질라트 금 광산은 주요 채굴장인 광산에서부터 둥글게 호를 그리는 능선이 뻗어 있는 것이 특징이다. 상공에서 내려다보면 마치 짐승의 말린 꼬리처럼 보이리라.

광산 정상 부근은 비교적 경사가 완만하다. 하지만 있는 거라 곤 바위와 모래뿐이라 채굴도 광산 중턱의 갱도에서부터 이루어진다. 발을 들이는 자는 거의 없었다. ——지금까지는.

지금 광산 정상에는 나트라 왕국군의 본진이 설치되어 있었다.

"그나저나 장관이로군."

웨인이 본진 끝에서 산기슭을 내려다보며 중얼거렸다.

그의 눈에 비치는 것은 광산을 둘러싸듯이 포진한 마덴의 군세다. 그 숫자, 3만.

"5천 대 3만. 일반적으로 생각하면 절망적이지."

옆에 선 니님이 한숨을 내쉰다. 5천은 이 광산에 틀어박혀 있는 나트라 측의 병력이다.

물론 틀어박히면서 물자를 광산 내부에 쌓아 놓는 등 준비는 꼼꼼히 했지만──그래도 절망적인 병력 차이다.

　그런데도 웨인도 니님도 비장한 모습은 전혀 없었다.

　"광산 앞쪽에 2만 5천, 뒤쪽에 5천인가."

　"광산 뒤쪽은 깎아지른 절벽이라 도저히 오를 수 없으니까. 그렇다고 해도 뒤쪽의 포진은 너무 부실하게 보이는데."

　"뭐, 그야 그렇겠지."

　웨인은 다 눈에 보인다는 듯이 말했다.

　"우리를 몰살하는 게 상대의 목적은 아니니까. 오히려 뒤로 도망칠 수 있다면 도망쳐 달라고 생각하고 있을걸."

　그리고 그것이 바로 압도적인 전력을 지닌 적군을 찌를 수 있는 틈이라는 것을 웨인은 확실하게 알고 있었다.

　"니님, 다른 사람들은?"

　"모두 모였어."

　"좋아, 그럼 개전 전에 마지막 회의를 할까."

　그렇게 말하고 웨인과 니님은 설치된 천막 중 하나로 향했다.

　"드라우드 장군님, 포진이 갖춰졌습니다."

　"수고했다."

　웨인이 이끄는 나트라군이 산에서 아래를 내려다보는 한편, 마덴군은 광산을 올려다보고 있었다.

　마덴의 재물로 긁어모은 병사 수는 3만. 마덴 역사상에서도 굴지의 대군을 맡은 일은 드라우드도 처음이었지만, 그의 단정한 얼굴에는 긴장이나 불안 같은 감정은 나타나 있지 않았다.

오히려 지금의 그가 품은 감정은 동정에 가까웠다.

"이 대군을 앞에 두고 도망치지 않고 농성이라니…… 어리석은 일이야."

"거기서는 용기가 있다고 칭찬해야 하지 않겠습니까?"

부관이 야유하듯이 대답했지만 드라우드는 안타깝다는 듯이 고개를 저었다.

"이런 것은 만용이라고 할 수조차 없다. 인간이라면 누구나 가지고 있는 전력 차이라는 척도를 가지고 있지 않을 뿐이야. 이거야 원, 짐승처럼 무지몽매하다면 적어도 짐승답게 물러날 때쯤은 알고 있으면 좋을 텐데. 그리하면 흐르는 피도 줄어들 것을."

"과연 장군님, 적을 동정해 주시다니 마음이 좋으십니다."

"사람과 사람의 전쟁이 아니라 3만의 군세로 짐승을 사냥하는 작업일 뿐이라면 그런 마음도 드는 법이지."

드라우드는 광산 정상으로 눈길을 보냈다.

"괴롭지 않도록 빠르게 처리해 주마. 그것이 최소한의 자비다."

"──예정대로다."

웨인은 군사 회의 자리에 앉자 제일 먼저 그렇게 말했다.

천막 안에는 나트라군의 지휘관들이 있었다. 당연히 라클룸과 바칼의 모습도 있다.

그들 사이에 동요는 없었다. 웨인의 말이 허세가 아니라는 것을 이 자리에 있는 모두가 알고 있었다.

"저쪽 왕궁을 부채질한 보람이 있군. 적은 틀림없이 단기 결전을 노리고 있을 거다."

"대군으로 위압해서 우리가 도망치면 그걸로 좋고, 도망치지 않으면 병력 차이로 단숨에 탈환한다는 생각이겠지요."

"그래. 이거라면 승산은 충분히 있다."

웨인이 이끄는 나트라군에 최악의 상황은 정예 병력으로 지구전을 걸어오는 것이다.

대군을 준비하는 것이 아니라 수천 명 정도의 병사로 광산을 경계하게 하고 그동안 광산을 기점으로 하는 나트라군의 보급과 교역을 계속해서 방해한다.

아직 광산 주변에는 마덴의 지배 영역이 많아 광산은 반쯤 고립된 형태다. 광산을 지키기 위한 병력을 계속 유지하는 것도 쉽지 않다. 서서히 목을 조르며 몰아붙이면 먼저 항복하는 것은 나트라 측이리라.

하지만 마덴은 그렇게 하지 않았다. 금 광산이라는 금맥이자 명맥을 적국이 쥐고 있다는 불안감이 그 선택지를 고르지 못하게 한 것이다.

"3만의 병사는 상당히 무리해서 끌어온 것이 틀림없다. 병사를 유지하는 데 소비되는 자금은 물론이고 국경 방어도 상당히 허술해졌을 터. 그렇다면 저 3만을 유지할 수 있는 시간은 그리 길지 않다. 아마도── 한 달이 한계겠지."

밀정이 가져온 정보를 종합해서 내린 결론이다. 정확도는 높다.

그리고 한 달을 방어해 마덴군을 철수시킬 수 있다면 나트라군은 상대를 철수시킨 일로 자존심이 채워지고, 마덴 측은 무력으로 되찾는 것이 어렵다고 생각을 수정하리라.

'그때가 바로 두 번째 강화 기회……'

이번에야말로 놓치지 않는다.

결의를 품으며 웨인은 말했다.

"간다, 자네들. ──진흙탕에서 뒹굴 한 달의 시작이다."

당연하다 해야 할까. 처음에 움직인 것은 마덴군이었다.

광산 앞쪽에는 세 갈래 산길이 있다. 마덴 병사들은 그 셋 전부에서 동시에 뛰어 올라왔다.

물론 모든 산길은 나트라 병사가 막고 있어, 곧바로 창칼이 부딪치는 소리가 메아리치기 시작했다.

"달려라! 동료의 시체를 넘어서라도 나아가는 거다!"

"막아라! 저놈들을 길에서 떨어뜨려라!"

양쪽 병사들의 노호와 지휘관의 명령이 날아다니고, 열기가 전장을 뒤덮는다.

초전의 공방은 완전히 호각이다. 공격 측과 수비 측, 양쪽의 분투가 여실히 드러나고 있다.

"호오, 나트라도 의외로 좀 하는데요."

"하하하, 죽을 지경에 몰려서 그야말로 필사적인 거겠지요."

"저 기세가 언제까지 버틸지 볼만하겠군요."

초전에서 압승하리라 생각했던 마덴의 각 지휘관들은 예상을 벗어난 광경에 그런 감상을 품었다.

물론 그들의 여유는 무너지지 않는다. 적의 분전은 일시적인 것. 하물며 자신들의 압도적인 병력을 보고 어찌 승리를 불안하게 여기겠는가.

'얼마 안 가서 산의 삼부 능선 정도까지 빼앗을 수 있을 듯하군……'

왕궁 쪽에는 일주일 이내에 함락시키겠다고 확약해 놓았다. 이 상태라면 절반 이하의 기간으로 끝날지도 모른다. 머지않아 찾아올 개선의 때를 생각하며 드라우드는 작게 웃었다.

그리고 드라우드의 예상대로 병사들이 전장의 공기에 익숙해지기 시작했을 무렵, 전황에 변화가 찾아왔다.

그러나 그것은 드라우드의 예상을 크게 배신하는 형태였다.

"……이건 뭐지."

마덴 병사가 밀리고 있었다.

"어떻게 된 거지……."

산 정상 끝에서 아래의 전장을 바라보며 펠린트는 당황하고 있었다.

전쟁이 일어나기 전 광산 백성 중 비전투원들은 나트라 왕국으로 피난했다. 그 외에는 병사로 징집된 자들이 남아 있을 뿐이다. 그렇긴 해도 제대로 된 전투 훈련을 받지 않은 그들은 주로 작업병으로서 일하고 있지만.

펠린트 또한 그런 그들을 통솔하는 역할로 현장에 남아 이렇게 전장 한가운데에 서 있었지만——가슴속에는 불안과 의문이 소용돌이치고 있었다.

적병은 3만. 3만이다. 그만한 병력이 공격해 온다고 들었을 때 펠린트는 죽음을 확신했다. 하지만 애초부터 마덴의 통치 하에 있었다면 몇 년 안 되어 죽었을 몸. 왕태자 전하의 은혜에 보답하고 죽는 것도 좋다——그렇게 생각해 남아 있었다. 그렇게 생각했는데.

"어째서 우리가 우세하지……?"

전황은 예상과는 반대로 산길을 이용해 공격해 들어오는 마덴 병사를 산길 도중에 만든 방어 진지를 축으로 하여 나트라 병사가 잇따라 격퇴하고 있었다.

펠린트가 당황하면서 낮은 곳을 바라보는데 목소리가 들렸다.

"그 이유는 몇 가지가 있다."

펠린트는 소스라쳐 돌아보았다.

"와, 왕태자 전하?!"

"그대로 있게."

당황하여 무릎을 꿇으려 하는 펠린트를 손으로 제지하고 웨인은 옆에 섰다.

"먼저 단순하게 병사의 숙련도가 다르다. 마덴군의 뒤쪽을 보아라. 희끄무레한 1개 부대가 있겠지."

"예. 예. 저건……?"

"이 군을 이끄는 드라우드의 정예병이다. 희게 보이는 것은 갑주에 빛이 반사되어서겠지. 반면 지금 산기슭에서 싸우고 있는 마덴 병사는 어떻지?"

"……제대로 된 장비를 갖추고 있지 않습니다."

"그 말대로다."

웨인은 고개를 끄덕였다.

"마덴군의 대부분은 돈으로 긁어모은 농민들이다. 드라우드는 정예병을 보내기 아까워서 훈련도 받지 않은 농민을 부딪치게 한 것이겠지. 그러나 우리 병사는 제국식 훈련을 받았고, 거기에 마덴을 한 번 쳐부수어 자신감과 자부심을 얻었다. 잡병 따위가 쉽사리 쳐부술 수 없지."

"게다가." 하고 웨인은 말을 이었다.

"이 시기에는 산 정상에서 산기슭으로 바람이 많이 분다. 덕분에 우리 화살은 바람을 받아 적군의 심부까지 닿지만 적의 화살은 도중에 떨어지지. 산기슭에서 잘 안 보이는 장소에 방어용 거점과 건식 해자를 여러 개 준비해 적의 공격을 둔화시키고 있다. ──하지만 무엇보다 중요한 건 이 지형이야."

"지형 말씀입니까?"

"5천 대 3만. 숫자로 보면 무시무시하지만, 보아라. 지금 싸우고 있는 병사의 숫자는 어느 정도지?"

그 말을 듣고 펠린트는 퍼뜩 깨달았다. 3만의 적병. 하지만 실제로는 대부분이 주위를 에워싸고 멀뚱멀뚱 서 있을 뿐이다. 싸우고 있는 병사는 기껏해야 수백이리라.

 "산길의 폭은 결코 넓지 않다. 1만의 병사를 까는 짓은 도저히 불가능하지. 그 결과로 5천과 3만에서 수백 명씩 선출해 서로 부딪치는 형태가 된다. 웃기지 않나, 펠린트? 저놈들이 긁어모은 병사들은 만 단위의 무위도식자가 된 거다."

 "그렇군요…… 광부들에게 산 표면을 깎으라 해서 산길이 아닌 곳의 경사를 급하게 만든 것은 이러기 위해서이셨군요?"

 "그렇지. 날붙이를 두르지 않은 가벼운 몸이라면 몰라도 검과 창을 들고 올라오기는 힘든 경사다. 애써 올라오려 해도 위에는 나트라 병사가 기다리고 있지. 저놈들은 산길을 사용할 수밖에 없어."

 "하지만, 황공하오나 마덴 병사가 새로 길을 만들지는 않을런지요……?"

 "당분간은 그러지 않겠지."

 펠린트의 물음에 웨인은 고개를 저었다.

 "산길이 없으면 그렇게 했을 것이다. 혹은 좀 더 좁고 적었다면 스스로 길을 만들려고 생각했을지도 모른다. 하지만 길은 세 갈래나 있다. 싸우지 못하는 것도 아니다. 새로 만들려고 하면 시간도 걸리고 도구도 필요하지."

 웨인은 씨익 웃었다.

 "그래서 수고를 들이길 아까워한다. 편한 길을 고르고 싶어

한다. 쉬운 쪽으로 가려 한다. 이대로 힘으로 밀어붙여서 끝내려고 생각해 버리지. ──그렇게 생각하게 하는 것이 나의 전쟁이다."

"……."

펠린트는 그제서야 겨우 깨달았다.

이 소년은 그저 다정하기만 한 인간이 아니며, 백성을 사랑한 나머지 죽음을 불사할 작정으로 이 전쟁에 임한 것도 아니다. 그의 머릿속에는 남들이 다다르지 못하는 세계가 펼쳐져 있고, 그곳에는 승리로 향하는 길이 있는 거라고.

"자, 수다는 여기까지다. 펠린트, 그 건은 어떻게 됐나?"

"아…… 옛! 공사 쪽은 완료되어 언제든 이용할 수 있습니다."

"잘했다."

웨인의 눈이 한 점을 응시한다. 그것은 마덴의 본진. 그곳에 있을 지휘관 드라우드.

"지금쯤 예상 밖의 일에 분통을 터뜨리고 있을 테지만…… 조금 더 내 손바닥 위에서 놀도록 하지."

"──이런 말도 안 되는 일이 어떻게 가능한가!"

천막 안에 드라우드의 노성이 울려 퍼졌다.

다른 지휘관들은 고개를 숙이고 침묵하고 있었다. 총지휘관인 드라우드의 분노의 화살에서 벗어나려고 우락부락한 육체를 힘껏 움츠리고 있다.

"3만 대 5천이다……! 그런데 왜 저따위 산 하나를 제압하지 못하는 거냐!"

개전으로부터 이미 사흘이 경과했다.

그러나 그동안 마덴군의 성과는 거의 0이라 해도 과언이 아니었다.

조사 결과 나트라 왕국군은 산의 일부 능선, 이부 능선, 삼부 능선의 구획마다 주요한 방어용 거점을 만들어 놓았다. 그리고 광산 내부에 물자를 대량으로 보관하고 거점을 경유하면서 신속하게 전선에 보충하여 계속 싸울 수 있는 형태를 갖추고 있었다.

이 거점이 단단하다. 거점 앞에는 깊은 건식 해자를 팠고, 그러면서 파낸 흙으로 벽을 만들어 놓았다. 배치된 병사도 정예 그 자체. 해자를 오르려 하는 병사를 교묘한 연계로 쫓아내고 피로가 쌓이거나 부상을 당하면 곧바로 후방 인원과 교대한다.

마덴 측의 준비 부족도 영향이 있었다. 말하자면 나트라군은 산을 통째로 성채로 바꾸어놓았지만 마덴이 준비한 것은 야전용 장비뿐이었다. 공성에는 맞지 않는다.

물론 달리 쓸 수 있는 길이 없는지, 방어진에 허점이 없는지 조사는 했지만── 성과로 이어지지 않아 이 꼴이다. 대량의 물자는 지금도 계속 소비되고 있고, 병사는 지지부진한 공략에 사기가 떨어지고 있다.

"이 야만족 놈들이……!"

드라우드의 분노는 식지 않았다. 야만족이라 깔보았던 상대에게 지금은 조종당하고 있는 것이다. 분노로 덮어 감추고는 있지만 속으로는 자존심에 크게 상처를 입었다.

그때 천막에 전령이 날아들었다.

"실례합니다!"

"뭐냐! 지금은 군사 회의 중이다!"

드라우드가 초조함 섞인 눈초리로 노려보자 전령은 몸을 떨며 말했다.

"죄, 죄송합니다. 하지만 주변 조사를 하던 병사에게 중요한 보고가…….”

그렇게 말하면 화를 거둘 수밖에 없다. 드라우드는 가볍게 혀를 차고 전령에게 말을 재촉했다.

"보고라니 뭐냐."

"예…… 실은 광산 내부로 이어질 가능성이 있는 오래된 갱도를 발견했다고 합니다."

"뭐라?!"

지휘관들 사이에 술렁임이 파도처럼 퍼졌다.

"자세하게 말해라. 장소는 어디냐?!"

"이봐, 광산 주변의 지도를 가져와라!"

천막 안에 황급히 지도가 펼쳐졌다.

지도에 기재된 것은 주가 되는 광산과 거기서 호를 그리며 뻗어가는 능선. 전령이 가리킨 곳은 능선의 뿌리 부근이었다.

"능선의 이 부분에서 동굴을 발견해 안쪽을 조사한 바, 명백히 사람의 손으로 만들었다고 생각되는 갱도가 있었다고 합니다."

"동굴 부분은 자연적인 것인가?"

"예. 이는 발견한 병사의 소견에 지나지 않습니다만, 갱도 내부를 파내가다가 동굴에 도달해 폐기한 것이 아닌가 합니다."

"갱도가 어디로 이어지는지는 아직 확인하지 않은 것인가?"

"상당히 긴 것 같기는 하지만, 아직 확인하지 못했습니다. 먼저 상층부의 판단을 들어야 한다고 생각했습니다."

전령은 그렇게 말을 맺었고, 그 자리에 있던 지휘관들은 얼굴을 마주 보았다.

역경을 겪는 와중에 하늘에서 떨어진, 적군의 심장부에 닿을 가능성이 있는 길. 이걸 어떻게 대응하느냐가 중요한 기로가 되리라고 이 자리의 모두가 확신했다.

"드라우드 장군님, 한시라도 빨리 조사를 하지요. 갱도가 정말로 내부로 이어진다면 단숨에 전황을 뒤집을 수 있습니다."

"조사 같은 답답한 짓을 하지 말고 2천 정도를 직접 보내면 되지 않겠습니까? 다행히――라고 말하기는 힘들지만, 후방에서 대기만 하고 있는 병사는 많이 있으니. 해자였다면 병사를 되돌리면 되잖습니까."

"너무 많은 병사를 움직이면 적에게 들킬 가능성도 있지 않을까요? 기껏 얻은 기습 기회를 놓칠지도 모릅니다."

지휘관들이 잇따라 의견을 나누고, 그것을 들으며 말없이 생각에 잠겨 있던 드라우드는 이윽고 작게 중얼거렸다.

"──좋아, 결정했다."

◆ ◇ ◆

개전으로부터 일주일이 경과했다.

전장에는 미묘한 권태감이 감돌고 있었다.

방어를 뚫을 수 없는 마덴군과 성채화한 광산에서 나올 수 없는 나트라군. 양군의 충돌은 사흘째를 피크로 교착 상태에 빠져 차츰 서로 노려보는 시간이 길어졌다.

이날도 산길 입구 부근에서 산발적으로 부딪치기만 하고 해가 저물어 양군 다 야영 준비에 들어가고, 감시를 남기고 많은 병사들이 잠에 들었다.

그리고 심야가 되자 움직임이 있었다.

장소는 마덴군이 발견한 능선의 동굴이다.

동굴 주변은 나무들로 둘러싸여 전망이 나빴다. 달이 구름에 숨은 것도 더해져 불길할 정도로 어둠이 깊었다. 동굴 내부에 이르러서는 그 어둠을 바짝 졸여서 쏟아 부어 놓은 듯한 꼴이었다.

그러나 지금 그 동굴 안에서 스며 나오듯이 무언가의 그림자가 나타났다.

하나가 아니다. 둘, 셋, 소리도 없이 그림자가 계속 나온다. 그리고 그림자는 눈 깜짝할 사이에 열 몇으로까지 늘어나──.

"──불을 밝혀라!"

갑자기 동굴 주변을 횃불의 빛이 밝혔다.

불빛 속에 떠오른 것은 동굴 앞에서 놀라 눈을 부릅뜬 열 몇 명의 사람들과, 횃불을 손에 들고 그들을 에워싸듯이 포진한 백명 이상의 마덴군 병사였다.

"함정이다! 동굴로 돌아가라!"

동굴 앞의 집단 중 한 명이 소리쳤다.

"쫓아라! 한 명도 놓치지 마라!"

지지 않고 에워싸고 있던 자들 중 누군가가 소리쳐, 두 집단은 한쪽은 쫓기는 자, 한쪽은 쫓는 자가 되어 동시에 움직였다.

'드라우드 장군님이 예측하신 대로다……!'

스스로도 추격전에 참가하면서 회심의 미소를 지은 자는 이곳의 지휘를 맡은 지휘관 앙그릴이었다.

전쟁 개시로부터 사흘째. 이 동굴의 존재를 안 드라우드는 이렇게 말했다.

"우선, 동굴 갱도가 정말로 내부까지 이어져 있는지는 알 수 없다. 하지만 만약 이어져 있다면 나트라군이 그 갱도를 모른다는 일은 없을 거다."

"……확실히 그 말씀대로겠지요."

나트라군은 광산을 점거했을 때 당연히 내부 조사도 했을 것이다. 게다가 광산을 이용했던 광부들도 데리고 있다. 알아채지 못하는 게 더 이상하다.

"그렇다면 나트라군의 대처는 두 가지다. 심장부로 적의 돌입을 허용할지도 모르는 길을 메우거나, 이용하기 위해 남겨 두거

나. 나는 후자를 선택했다고 확신한다."

"어째서입니까?"

"갱도는 여차할 때 탈출 경로가 되는 데다 우리 군에게 기습을 가하기 위해 몰래 병사를 보낼 수도 있기 때문이다. 우리 군에 발견되었다는 걸 알면 메우려고 하겠지만, 그렇지 않다면 카드 중 하나로 남겨 두겠지."

"그러면 어찌할까요? 역시 곧바로 병사를 보내서 안으로 돌입시켜야 하겠습니까?"

"아니, 여기서는 한번 짐승을 함정에 빠뜨려 보지."

드라우드는 일그러진 미소를 띠었다. 그의 가슴속에는 야만 족이라 깔보았던 자들에게 통렬한 반격을 당한 굴욕감이 있어서, 나트라군을 함정에 빠뜨려서 상처받은 자존심을 달래려는 마음이 생겨나 있었다.

드라우드는 적잖이 냉정함을 잃고 있었지만 다른 지휘관도 크건 작건 그런 마음을 가지고 있었기 때문에 누구 한 사람 지적하지 못했다.

"지금부터 한동안 우리 군은 설렁설렁 싸우면서 교착시킨다."

"괘, 괜찮을까요?"

"상관없다. 그리고 우리가 움직이지 않으면 나트라의 야만족 놈들은 호기라 생각해 더욱 우리를 교란시키려 할 거다. 그때 정말로 내부로 이어져 있다면 그 동굴을 이용할 가능성이 높다. ……앙그릴!"

"예!"

앙그릴은 곧바로 경례를 했다.

"너는 지금부터 5백의 병사를 이끌고 동굴 주변에 병사들을 잠복시켜라. 그리고 그놈들이 동굴에서 기어 나오면 그놈들을 죽이고 단숨에 내부까지 돌입하는 거다. 지금 그놈들이 우리의 공격을 받아치고 있는 이유는 산길이라는 유리한 지형 때문이니 평지에서 싸우면 두려워할 필요 없다. 그리고 병력이 적은 놈들에겐 병사가 수십 명 죽는 것만으로도 상당한 타격일 거다."

"맡겨 주십시오! 동굴에서 기어 나온 어리석은 개들을 반드시 피의 제물로 바치겠습니다!"

이리하여 앙그릴은 동굴 주변에 몸을 숨겼고, 그로부터 나흘 후의 밤인 지금 이렇게 동굴로 도망쳐 들어온 나트라 병사를 쫓고 있었다.

"달려라, 달려! 절대 놓치지 마라!"

병사에게 호령하며 앙그릴 또한 횃불을 한 손에 들고 어둑어둑한 동굴 속을 달려나갔다.

동굴의 갱도는 내부로 이어져 있다. 확실하다. 이제 병사들과 함께 내부로 돌입해 광산 안쪽에서부터 나트라군을 쳐부수면 된다. 제1공적자는 틀림없이 자신이 되리라.

'그런데 도망치는 속도가 참 빠르군.'

앙그릴은 마음속으로 조소와 감탄을 느꼈다.

놈들이 동굴에서 기어 나왔을 때 완전히 허를 찔렀다고 생각했다. 그러나 놈들은 재빠르게 방향을 바꾸어 동굴 속으로 도망쳐서 한 명도 죽지 않았다.

'몇 명이 발을 묶고 그 틈에 내부에 위험을 알려야 할 텐데, 제 목숨이 아까워 쏜살같이 도망치다니 결국은 짐승이로군.'

하지만 짐승인 만큼 발이 날랜 것은 진짜다. 상대는 제대로 불빛도 없는데 동굴 안을 넘어지지도 않고 안쪽으로 또 안쪽으로 달려간다.

'──음? 저것은.'

앙그릴의 눈이 동굴 깊숙한 곳에 뚫린 갱도를 포착했다. 그 주위에만 화톳불이 있고 나트라 병사들은 쏜살같이 갱도로 도망쳐 들어갔다.

"저 갱도로 도망쳤다! 쫓아라!"

소리치면서 앙그릴은 아주 약간 숨이 차는 것을 느꼈다.

하지만 어쩔 수 없는 일이다. 검을 들고 갑옷을 입은 채 전력질주를 하면 이렇게 된다. 주위의 병사들도 비슷한 상태다.

'……어라?'

갱도 입구에 접어들었을 때 앙그릴은 문득 생각했다.

적은 어땠지?

자신들은 모두 검과 갑옷을 두른 완전무장 상태다. 당연하다. 적과 싸우러 왔으니까.

하지만 앞에서 가는 나트라 병사는 어떤가.

'……걸치지 않았어. 아무것도.'

갱도 안에 들어가 나트라 병사를 쫓는다. 쫓아야만 한다. 그러기 위해서 온 것이다. 하지만 잠깐. 뭔가 이상하다. 갱도를 달려 나가면서 앙그릴은 머릿속에서 경종이 울리는 것을 느꼈다.

무기도 방어구도 없는 적. 허를 찔렀을 텐데도 멋들어지게 방향을 전환해 도망치기 시작한 적. 수십 킬로그램이나 되는 중량 차이가 있는데도 아직도 닿을락 말락 한 거리에 있는 적.

'설마.'

쫓는다. 쫓으면서 뒤를 본다. 수십 명이나 따라오고 있는 병사들. 결코 넓지 않은 갱도. 이제 와서 정지나 방향 전환을 명령할 수 있을 리가 없다.

'내가, 꼬임에 넘어……..'

그 순간 머리 위에서 굉음이 울렸고, 충격과 함께 앙그릴의 의식은 어둠 속으로 사라졌다.

"──실패했다고?"

전령이 가져온 보고에 드라우드의 얼굴이 창백해졌다.

"예…… 지시하신 대로 동굴 주변에서 대기하고 있었는데, 동굴에서 나타난 십수 명의 나트라 병사라 생각되는 자들을 발견했습니다. 그리고 앙그릴 대장님의 지휘 아래 동굴로 도망친 그자들을 추적해 동굴 내부의 갱도에 이르렀습니다만……."

"그런데 뭐냐! 무슨 일이 일어난 거냐!"

"……낙반이었습니다. 갱도가 무너져 선행하던 앙그릴 대장님을 비롯해 백 명 남짓한 병사들이 깔렸습니다."

"……."

드라우드는 입술을 떨며 들고 있던 나무 사발을 부서뜨렸다.

"이놈―― 이놈이놈이노옴!"

의자를 걷어차고 주먹을 마구 내질렀지만 드라우드의 분노는
가라앉지 않았다.

"신의 가르침을 모르는 짐승들 주제에 잘도 나를 이렇게까지
바보 취급하다니……!"

"자, 장군님, 제발 진정하십시오."

"그, 그렇습니다. 분명히 앙그릴을 잃은 것은 타격이 큽니다.
하지만 피해는 고작해야 백. 1만의 병사 중 백 명에 지나지 않습
니다."

지휘관들의 말에도 일리는 있었다. 개전 이후로 다소 사망자
나 부상자는 나왔지만 싸울 수 있는 병사는 아직 여유롭게 2만
이상이나 남았다. 거기서 백 명을 깎았다고 한들 대세에 영향을
주지는 않는다.

"분명 나트라 놈들은 한 방 먹였다고 축배라도 들고 있겠지
요. 하지만 그건 그놈들의 착각에 지나지 않습니다. 백 명으로
놈들의 도주로를 막았다고 생각하면 오히려 이긴 것은 우리 쪽
입니다."

강한 어조로 계속 말을 늘어놓자 드라우드도 겨우 침착함을
되찾았다. 크게 폐 속의 공기를 뱉어내고 쓰러진 의자를 세워
다시 앉았다.

"……그렇군, 자네들이 말하는 대로야. 백 명. 고작 백 명이다."

그리고 전령에게 눈을 돌렸다.

"낙반 복구는 가능할 것 같은가?"

"보고로는 한두 달은 걸린다고 합니다."

"그렇다면 이번 전쟁에서는 못 쓰는 길이나 마찬가지군……."

시선을 천막 위로 돌린다. 그 끝에 있는 광산 정상을 노려본다.

"실컷 들떠 있어라, 야만족 놈들아. 이 정도 상처, 우리 군에는 아무런 영향도 없다……!"

"──있다니까, 그게."

공교롭게도 그 무렵 산 정상의 천막에서 웨인은 그렇게 말하며 웃었다.

"정말? 하지만 3만 중에 겨우 백 명인데?"

질문의 주인은 니님이었다. 둘만 있기 때문에 허물없는 말투로 변해 있었다.

"니님 말대로 병력이라는 의미에서 마덴이 받은 피해는 경미해. 아슬아슬하게 끌어들여서 낙반을 일으켰다곤 해도 어차피 좁은 갱도니까. 광부들이 잘 장치해 주었지만 그 함정으로 그 이상의 성과는 바랄 수 없었겠지."

"하지만 말이야." 하고 웨인은 말을 이었다.

"애초에 이번 노림수는 병사가 아니거든."

©Falmaro

니님은 고개를 갸웃했다.

"병사가 아니면 뭘 노린 건데?"

그러자 웨인은 엄지로 자기 가슴을 가볍게 두드렸다.

"군을 다루는 장수의 마음. 내가 노린 건 그 부분이야."

짚이는 데가 있는지 니님이 납득했다는 얼굴을 했다.

"적군 총대장에 관해 꼼꼼하게 조사하게 한 건 그걸 위해서였구나."

"그래. 드라우드를 요약하자면 외래파의 엘리트로 레베티아 교에 경도되어 있는 자야. 당연히 나트라 왕국 따위는 야만족 집단이라고 생각하고 있겠지."

"……그런데 개전 이후로 광산 공략은 지지부진하고 있으니, 상당히 스트레스를 받겠지."

"그때 광산 내부로 이어지는 갱도 정보가 날아든 거야. 만회할 기회지. 하지만 드라우드는 욕심을 냈어. 그냥 병사를 보내는 것만으로 만족하지 않고 함정을 파서 몰아넣어 자신이 야만족보다 위라는 걸 증명하려고 했지."

"그 결과 더한 굴욕을 맛보게 됐다는 거네."

"그런 거야."

웨인은 자기 옆의 책상에 펼쳐진 지도를 보았다. 적병의 말이 주르륵 늘어서 있다. 반면 광산에 밀집된 우리 편의 말 수는 너무도 적다.

"나에게 5천의 병사로 3만을 쓰러뜨릴 방법은 없어."

"하지만." 하고 웨인은 말했다.

"3만의 병사 뒤에 있는 지휘관이라면 내가 노릴 수 있지."

웨인의 손가락이 적의 말 중 가장 안쪽에 있는, 본진을 나타내는 말을 쥐었다.

"마음의 상처가 깊고 새로울수록 사람의 판단력은 흐려지지. 드라우드가 상처를 받으면 받을수록 마덴군의 움직임은 둔해지고 우리 나트라 쪽이 바라는 전개로 굴러간다는 거야."

말을 가지고 노는 주군을 보면서 니님은 어깨를 움츠렸다.

"예전부터 생각했지만, 웨인은 성격이 참 나쁘다니까."

웨인은 씨익 웃었다.

"사실은 그 점이 자랑이야."

"전진해라, 전진해~!"

"오늘이야말로 저 거슬리는 진지를 함락하는 거다!"

""오오오오오오오!""

다음 날부터 마덴군은 일변해 가열한 공세를 시작했다.

지난날의 손실 따위는 아무런 영향도 없다고 주장하는 것처럼 숫자로 밀어붙여 계속 압력을 가하는 전술은 심플하지만 그렇기 때문에 깨기 힘들다. 몇 번을 물리쳐도 끊이지 않는 적의 공격에 잘 버티던 나트라군도 피해가 늘어났다.

그리고 며칠 후, 나트라군은 더 이상은 버틸 수 없다며 세 산길의 일부 능선 부근의 방어진을 파기하고 위쪽으로 병사를 물렸다.

이 보고에는 찌푸린 얼굴만 하고 있던 드라우드도 웃음을 지었고 마덴 병사들도 마침내 보람을 느껴 전군에 안도감이 퍼졌다.

──그리고 그 틈을 놓칠 웨인이 아니었다.

"라클룸."

"예."

달이 뜬 심야, 산 정상에서 웨인과 라클룸이 나란히 섰다.

눈 밑에는 고요히 잠든 마덴군이 보였다. 감시는 세워 놓았지만 분명하게 방심하고 있다는 걸 느낄 수 있었다. 하지만 무리도 아니다. 대군으로 포위하고 있는 것은 그들이고 지금까지 야습을 건 적은 있어도 당한 적은 없었다. 하물며 오늘밤은 마침내 상대에게 한 방 먹일 수 있었던 기분 좋은 밤이다. 농민 위주의 군대가 마음이 풀어지는 것도 당연하리라.

바로 그렇기 때문에 웨인은 라클룸에게 말했다.

"화려하게 해라. 다만 지난번 폴터 황야 때처럼 즐기지는 말도록."

"맡겨 주십시오."

라클룸은 강하게 고개를 끄덕이고 옆에 있는 말에 뛰어올랐다.

말은 사전에 광산 정상으로 이동시켜 놨고, 라클룸 뒤에는 말에 탄 병사들 대략 30기가 출격의 때를 기다리고 있었다.

"그럼 시작한다. ──전원, 나를 따르라!"

라클룸의 호령과 함께 30기의 기마가 일제히 밤중의 산의 경사를 달려 내려갔다.

말로 빠르게 산을 내려가 횃불을 있는 대로 동원해 적의 천막에 불을 붙이며 돌아다니고, 붙잡히지 않도록 계속 이동하면서 불길을 퍼뜨린다.

라클룸 부대가 웨인에게 받은 지시는 그것뿐이었다.

하지만 지시를 실행하기 위해 얻은 정보는 그렇게 단순하지 않았다.

"요 일주일간 적의 움직임을 관찰하여 판명된 사실을 지금부터 알려 주겠다."

밤 순찰의 배치와 순회 범위. 목표물인 숙련도 낮은 부대가 쉬는 장소. 바람의 방향으로 추론한 불이 퍼지는 방향 예측. 그에 따른 침입, 진행, 탈출 루트.

지도를 펼치고 말을 놓으며 웨인의 입에서 치밀하게 흘러나오는 그 정보들을 듣고 라클룸은 감탄을 감추지 못했다.

웨인이 말하는 내용은 시간을 들여 마덴군을 내려다보고 계속 검증하면 알 수 있는 것이다. 하지만 그럴 수 있는 사람이 얼마나 될까.

게다가 웨인은 개전 전부터 말로 이 광산을 달려 내려가는 훈련을 시켰다. 그때부터 이미 지금의 구도를 머릿속에 넣어 두었던 것이다.

"계획은 이상이다. 질문 있는가?"

있을 리가 없다.

느끼는 감정은 이 작전이 성공한다는 확신뿐이다.

──그리고 지금.

혼란이 퍼지는 마덴군 속을 30기의 나트라 병사가 달려 빠져나가고 있었다.

"뭐야, 무슨 일이 난 거야?!" "자는 놈을 깨워서 불을 꺼라! 계속 옮겨 붙는다!" "기마대다! 기마대가 불을 던지는 걸 봤어!" "어디냐! 그놈들은 어디로 갔어?!"

고함과 비명이 끊임없이 라클룸 주위를 날아다닌다.

하지만 닿는 것은 소리뿐이다. 마덴 병사가 혼란에서 회복되어 활과 검을 들고 라클룸 부대를 겨냥할 때 이미 그들은 멀리 떨어진 장소로 달려가 있을 것이다.

"대장님, 우스울 정도로 작전이 잘 먹혔군요!"

라클룸을 향해 뒤에서 부대원이 들뜬 목소리로 말했다.

상황을 보면 순조롭다는 것은 의심할 바가 없었다. 산을 달려 내려간 부대는 적이 대응하기 전에 마덴 병사들이 잠든 야영지에 돌입해 누구에게도 저지당하지 않고 불을 질렀다.

"하하, 저 마덴 놈들을 봐. 무기도 못 들고 우왕좌왕하고 있어."

"덕분에 우리는 그냥 통과했지. 저놈들의 멍청함에 감사해야겠군."

작전이 잘 먹혔기 때문인지 부대원들의 얼굴에 여유가 있었다.

하지만 그들과는 반대로 라클룸은 긴장을 놓지 않고 있었다.

비유하자면 마덴군이라는 이름의 고요한 바다에 뛰어들어 파도를 일으킨 이 행위가 순조로웠던 것은 전적으로 웨인이 가져온 해류 정보가 있었기 때문이다. 그러나 이쪽이 파도를 일으킴으로써 해류에는 커다란 변화의 물결이 생겨나리라.

3만 명의 바다에서 보면 30명의 부대 따위는 작은 돌멩이에 지나지 않는다. 해류의 변화를 잘못 읽으면 순식간에 가루가 되는 것을 피할 수 없다.

물론 그래서 대장으로 선택된 것이 이 라클룸이었지만.

"——좌측으로 회전!"

라클룸의 지시에 따라 기마대는 일제히 좌측으로 진로를 바꾸었다. 조금 전에 진행 방향에 있던 야트막한 언덕을 측면에서 보면, 그 뒤편에서는 백 명이 넘는 마덴 병사들이 혼란에서 벗어나기 위해 대열을 갖추려 하고 있었다. 만약 그대로 달려들었다면 발목을 잡혔을지도 모른다.

"과연 라클룸 대장님, 코가 좋으시네요."

"내 불찰로 전하의 완벽한 계획에 먹칠을 할 수는 없지."

쌀쌀맞게 대답한 후 라클룸은 중얼거렸다.

"……슬슬 시간인가."

그의 말에 호응하듯이 광산 쪽에서 불길한 땅울림이 들렸다.

"좋아, 전원 탈출 진형!"

말의 다리에는 한계가 있다. 마덴군을 한바탕 혼란시킨 후 완전히 다리가 멈추기 전에 탈출해야만 한다. 그 신호가 이 땅울림이었다. 물론 이 땅울림에는 신호 이외의 의미도 있지만 그것은 라클룸 부대와는 다른 축에서 움직이는 작전이다.

"진형을 흩트리지 마라! 단숨에 산기슭까지 돌아가자!"

"알겠습니다!"

라클룸 부대는 일사불란한 움직임으로 광산을 향해 고삐를 돌렸다.

소란의 기척을 느낀 드라우드는 곧장 얕은 잠에서 튕기듯 일어났다.

옆에 기대 놓았던 검을 들고 천막을 뛰쳐나간다. 그리고 그의 눈에 비친 것은 산기슭 부근에 몇 개나 솟아오르는 불길이었다.

"장군님! 적습입니다!"

눈을 부릅뜨는 드라우드 쪽으로 부관이 달려온다.

"방금 산 정상에서 나트라군의 기마가 달려 내려와 우리 군 야영지에 불을 지르고 돌아갔다는 보고가!"

"뭣이?!"

깎아지른 절벽 같은 산의 경사면을 밤중에 말로 달려 내려오다니 제정신으로 할 짓이 아니다. 그러나 저놈들은 그걸 해내고 이쪽 진지에 불에 붙였다는 것이다.

"적의 숫자는?!"

"모, 모릅니다! 정보가 뒤섞여 있어서 백 기 이하라고도 하고, 수백 기는 되었다고도 합니다!"

말을 광산에 숨겨 두었다면 수백 기는 말이 안 된다. 고작해야 백 기. 드라우드는 곧바로 그렇게 판단하고 다음 의문으로 옮겨 갔다.

"그렇다면 적의 위치는 어디냐!"

"그것도 불명입니다! 불길이 붙어서 곳곳에 혼란이 퍼져 적을 포착하기는커녕 아군끼리 싸우는 일마저 생기고 있습니다!"

"큭……!"

훌륭한── 너무도 훌륭한 솜씨. 우선 혼란을 수습해야만 하지만 어디서부터 손을 대면 좋을 것인가.

뇌리에 망설임이 스치는 드라우드. 그를 비웃듯이 더한 사태가 날아들었다.

"──뭐, 뭐지?!"

소리다. 뭔가 커다란 소리가 울리고 있다.

마덴군이 혼란과 떠들썩한 소리에 둘러싸인 와중에도 이상한 소리가 들려온다.

광산에서 울리는 그 소리는 뭔가 커다란 질량을 가진 것이 산을 달려 내려오는 소리 같았다.

설마 하는 생각이 드라우드를 꿰뚫었다.

'전군이 내려오는 것인가……?!'

먼저 기마로 이쪽의 진영을 빠르게 휘젓고 이어서 주력으로 혼란에 빠진 병사들을 친다. 드라우드는 그럴 목적이 아닌가 하고 예견했다가 곧바로 고개를 저었다.

'말도 안 돼! 혼란에 빠졌다고는 해도 우리는 3만이라고! 5천으로 쳐부술 수 있는 숫자가 아니야!'

하지만 실제로 지금 대군이 내려오는 소리가 난다. 그렇다면 뭔가 목적이 있을 터이다. 5천의 병사로 노리는 것, 노릴 가치가 있는 것, 그것은———.

'———여긴가?!'

군대 자체는 무리라 해도, 이곳 본진으로 목표를 좁힌다면?

혼란에 빠진 마덴군 병사들 속을 단숨에 빠져나가 지휘관의 목을 취하려 하는 거라면?

'불가능……하지 않아!'

모든 것은 이 자리에서 이끌어낸 추측일 뿐이다. 하지만 그것을 깊게 검증할 시간이 없다.

드라우드는 목소리를 높였다.

"근방의 모든 부대를 본진에 모아 방어 진형을 만들어라! 떨어진 장소의 진영도 그 자리에서 방어 진형을 구축하고 대기하라! 적을 발견해도 우선은 모이는 것을 우선하라!"

"예, 옛!"

부관이 빠르게 전령에게 지시를 전하고 각 방면으로 보낸다.

드라우드도 근처의 병사에게 방어 진형을 갖추도록 지시하면서 분노의 시선을 광산으로 보냈다.

"얕보지 마라, 야만족 놈들아. 내 목은 그리 쉽게 가져가지 못한다……!"

그 후 마덴군의 움직임은 신속하다 할 수 있었다.

본진을 철벽의 방어진으로 굳히고 적을 기다릴 준비를 갖추었다. 그 무렵에는 땅울림은 이미 멎은 상태였다.

적은 무엇을 하고 있을까. 공격에 애를 먹고 있을까, 몰래 이동하고 있을까. 밤의 어둠 속에서는 그 전모를 알 수 없다. 군대 안에 긴장감만이 높아져 간다.

그러나 이윽고 하늘이 밝아오기 시작했을 때, 드라우드의 얼굴에 충격이 퍼졌다.

"제기랄……!"

나트라군은 산에서 내려오지 않았다.

산기슭에는 대량의 바위와 통나무 따위가 굴러다니고 있었다. 사전에 산 정상으로 끌어 올려 놓았던 그것들을 굴려서 마치 수많은 병사가 이동하는 것처럼 착각하게 한 것이다.

그럼 무엇을 위해 그런 짓을 했는가?

대답은 산길의 일부 능선에 있는 방어용 진지였다. 마덴군이 고심하여 손에 넣은 그곳을 다시 나트라 병사가 점거한 것이다.

'……적의 습격에 대비해 나는 본진을 단단히 하고, 시간이 부족한 장소는 독자적으로 방어 진형을 취하라고 지시했다. 하지만 그 결과 각각의 진영이 고립되어 주위와 연계를 하지 못하게 됐어……!'

나트라는 그것을 노린 것이다. 야영지에 있던 부대가 잇따라 뭉치는 가운데 산길의 진지에 있던 병사를 고립시키는 것을. 이쪽이 필사적으로 방어 준비를 갖추는 사이에 나트라 측은 조용히 진지를 도로 빼앗아 목표를 달성한 것이다.

"네 이놈……!"

저 진지가 얼마나 군건한지, 손에 넣기 위해 얼마나 고심했는지는 마덴 병사들도 잘 알고 있다. 그런 탓에 빼앗긴 효과는 절대적이다. 잠도 못 자고 밤새 팽팽히 긴장하며 겨우 아침을 맞이했나 했더니 지금까지의 성과가 허사가 되어 있었다면, 좋든 싫든 사기가 떨어진다.

게다가 이후에 야습으로 일어난 화재의 피해도 산출될 것이다. 아군끼리 싸우는 일마저 일어났던 참상이다. 사망자와 부상자를 합치면 수천 명에 달할 가능성도 있다. 소실된 물자도 적지는 않을 것이다.

지난번 갱도의 낙반 따위와는 비교도 안 될 정도로 큰 손해다. 동시에 낙반 사건과 마찬가지로 함정에 빠진 것이기도 하다.

"네 이노오오오오오오오오옴!"

자신이 적장의 손바닥 위에서 놀고 있었다는 사실에 드라우드는 원한 어린 소리를 지를 수밖에 없었다.

어느새 전쟁 개시로부터 보름이 지났다.

얼마 전 야습으로 마덴군에 사망자 7백 명, 부상자는 2천 명에 달하는 사상자가 나왔다. 게다가 탈주병도 속출해, 나트라군과의 전투에서 전사한 자들도 포함하면 병사 숫자는 2만3천 명 정도로 줄어들었다.

물론 나트라군도 타격이 없지는 않았다. 5천이었던 병력이 이제는 3천이다. 전체적인 방어층도 얇아졌다.

하지만 결과를 보면 분전하고 있는 것은 명백했고, 그것을 이해하고 있기 때문에 병사들의 사기도 아직 높았다. 그 점은 마덴 병사들과 하늘과 땅 차이였다.

그 기세 왕성한 나트라군의 천막에서 웨인은 자료와 눈씨름을 하고 있었다.

"식량은 괜찮고, 자재는…… 역시나 줄었지만 아직은 괜찮군."

광산 각 방면에서 올라오는 보고는 현재 상황이 웨인이 상정했던 것보다 양호하다는 것을 나타내고 있었다.

"이야~ 괴롭다 괴로워~! 예정보다 너무 잘돼서 괴로운데~!"

그렇게 여유를 과시하는 웨인에게 곁에 있던 니님이 의외로 동의를 표했다.

"순조로운 건 좋은 일이야. 그에 비해 마덴 쪽은 최근에 공격도 상당히 느슨해졌는데, 이대로 철수하려나?"

니님의 말에 웨인은 고개를 저었다.

"설마, 그럴 일은 없어. 개전으로부터 일주일 이내였다면 그랬을지도 모르지만 이젠 무리지. 저놈들의 손해는 공적 없이는 도저히 받아들일 수 없을 정도로 불어났거든."

"불어나게 한 건 나지만." 하고 웨인은 기분 좋게 웃었다.

"억지로 밀어붙이기만 해선 무리란 걸 겨우 깨닫고 준비 중이겠지. 끝나는 대로 일제 공세가 있을 거야."

"준비라면…… 공성 병기 같은 거?"

"그래, 저놈들은 대부분 야전 장비니까. 지금쯤 사다리며 투석기를 긁어모으고 있지 않을까?"

"아무리 그래도 투석기는 산 공략에 가지고 와도 쓸 수가 없잖아."

"수세에 몰리면 당연한 사실을 깨닫지 못하게 되는 법이지."

그리고 준비가 끝난 후의 공세를 버텨내면 마침내 상대의 계획은 암초에 부딪히게 된다. 그때 화친의 가능성이 싹틀 것이다.

중요한 건 버텨낼 수 있느냐인데, 포석은 깔아 두었다.

"내 계획에 착오는 없어. 앞으로 보름만 있으면 이 농성 생활과는 작별이야."

자신감이 넘쳐흐르는 웨인의 모습에 니님은 반신반의하면서도 수긍했다.

"그렇다면 다행이야. 이젠 산에서 보는 경치도 질렸어."

"동의해. 나도 슬슬 왕궁에서 활개를 치고 싶거든."

"목욕도 하고 싶고. 여기선 사치스럽게 온수를 쓸 수는 없으니까."

전장, 특히 농성하는 측에게 물은 귀중하다. 할 수 있다 해도 때때로 몸을 닦는 정도고, 온수를 채운 욕조에 담그는 일은 농성 중에 할 수 있는 일이 아니다.

니님도 예외가 아니었고, 그래서 웨인은 "아아." 하고 생각이 닿았다.

"최근 미묘하게 나랑 거리를 벌린다고 생각했더니 냄새가 걱정돼서야야앗?!"

니님이 손가락으로 튕긴 책상 위의 말이 웨인의 이마에 명중했다.

"그런 건 말 안 하는 거야."

"끄어어어어…… 이, 이걸로 이겼다고 생각하지 마."

"아니 이기고 지는 문제가 아니잖아."

그렇게 서로 가벼운 이야기를 던지고 있는데 천막 바깥에서 기척이 났다.

"전하, 실례합니다."

라클룸이었다. 웨인과 니님은 자세를 바로 하고 그를 맞았다.

"왜 그러지. 무슨 일이라도 있나?"

"예. 마덴군에서 사자를 보냈습니다."

"사자라고?"

웨인은 미간을 좁혔다.

사자를 보낸다는 것은 이쪽과 대화할 의사를 가지고 있다는 뜻이고, 마음속으로는 마덴과의 강화를 바라는 웨인에게는 환영할 일이다.

하지만 이해할 수 없는 타이밍이다. 마덴은 일제 공세를 향해 힘을 비축하고 있는 시기이고, 강화의 시비를 가리는 것은 그 공세가 끝난 뒤에 생각할 일이리라.

'내가 상상하는 것보다 마덴이 더욱 몰려 있다…… 이건 아냐. 그렇다면 공세를 대비해 우리를 교란하기 위해서거나, 혹은……'

빠르게 머리를 굴리면서 웨인은 지시를 내렸다.

"알겠다. 일단 만나 보지. 니님, 서둘러 회담 장소를 마련해
주게. 장소는 그래…… 광산 중턱 부근이면 되겠지. 라클룸은
주변 경계를 강화하도록 지시해라. 내가 응대하는 동안 상대편
이 움직일지도 모른다."

"알겠습니다."

"맡겨 주십시오!"

니님과 라클룸은 즉시 천막을 나갔다.

그리고 회담 준비가 갖춰질 동안 웨인은 계속 사고했다.

'……혹은, 본국을 향한 제스처. 이미 마덴 측의 예정은 파탄
이 났어. 왜 아직도 광산을 점령하지 못했느냐고 왕궁에서 프
슈탈레가 격노하고 있겠지. 가신들도 불안을 품기 시작했을 거
야. 그중 누군가가 지금이라도 강화하자고 말을 꺼낸 건가.'

그 가신이 드라우드가 무시할 수 없는 상대라면 형식적으로라
도 사자를 보내는 것은 이상하지 않다.

물론 이것은 웨인의 추측이고, 실제로 그런지는 알 수 없다.
하지만 예정보다 오래 끌고 있는 이 전쟁에 아직도 결판이 안 났
느냐고 중앙에서 압력을 가하고 있는 것은 틀림없으리라.

"슬슬 발등에 불이 떨어진 거 아닌가? 드라우드."

대전 상대의 고뇌를 생각하며 웨인은 작게 입맛을 다셨다.

결론부터 말하면, 웨인의 예상은 적중했다.

"장군님, 또 왕궁에서 사자가 왔습니다."

그늘진 얼굴로 고하는 지휘관에게 드라우드는 혀를 차면서 말

했다.

"적당히 응대하고 쫓아내라. 지금은 왕궁을 상대하고 있을 상황이 아니다."

"하지만 장군님, 황공하오나 이 이상 사자를 함부로 대하면 왕궁 쪽도 뭔가 대처를 해 오지 않을까 하여……."

"현재 모으고 있는 공성 병기에 관해서도 참견을 할지 모릅니다."

"윽……."

드라우드는 초조함을 감추려 하지도 않고 이를 갈았다.

이것이 웨인과 드라우드의 차이점이다. 나트라 왕국의 왕태자이자 섭정인 웨인은 실질적으로 현재 나트라의 지도자다. 아무리 명확한 결과가 따라오지 않더라도 억지로 밀어붙일 수 있는 권한을 가지고 있다.

반면 드라우드는 군의 지휘관이긴 하지만 왕에게 위임받은 지위에 지나지 않는다. 왕의 심기를 거슬렀다가는 직무상으로도 물리적으로도 쉽게 목이 날아간다. 그것을 막기 위해서는 왕과 주위 중신들에게 알기 쉬운 결과를 계속 보여줄 필요가 있다.

하지만 그러지 못하고 있다. 일주일 만에 광산을 함락할 예정이었는데 이미 보름이 지났다. 공략도 지지부진하고, 공성병기라는 새로운 전력까지 요구하고 있는 실정이다.

어떻게 되고 있느냐고 사자를 보내는 것은 말하자면 필연이다. 처음에는 어떻게든 얼버무리고 돌려보냈지만 역시나 한계가 닥쳤다. 뒷배인 외래파 홀로뉘예 대신의 책임을 묻는 목소리도 나오고 있는 듯하다.

"……사자는, 뭐라 하느냐?"

깊이 숨을 토해내고 지휘관에게 조용히 묻는다.

"예. 한시라도 빨리 광산을 장악하라 합니다. 그러기 위해서는…… 그것이, 나트라군과의 강화도 고려해야 한다고."

그러자 격분한 것은 다른 지휘관들이었다.

"멍청한 소리! 이제 와서 강화라고?!"

"말도 안 된다! 저놈들 때문에 얼마나 많은 동료가 피를 흘렸다고 생각하는 건가!"

"드라우드 장군님, 궁정의 참새들은 무시하고 공세 준비를 하시지요!"

지휘관들이 제각기 강화를 거절하는 이유는 강화로 끝내다니 자존심이 용서하지 않는다는 감정 때문이었다. 하지만 제대로 전공을 세우지 못했다는 초조함도 있었다. 지금 단계에서 강화 따위를 했다간 포상을 전혀 기대할 수 없다.

"……."

물론 드라우드도 똑같다.

똑같기는 하지만.

"좋다. 나트라군에 사자를 보내라."

"자, 장군님?!"

"하지만 그것은!"

"진정해라. 어디까지나 형식적으로다. 사자를 보냈다가 나트라군에 거절당하면 면목은 선다. 그동안 준비를 갖추고 무력으로 광산을 탈환한다. 그렇게 하면 문제는 없을 터.”

그 말에는 지휘관들도 납득한 듯 하나같이 고개를 끄덕였다.

“로건, 사자로는 네가 가라.”

드라우드는 자신의 부관을 지명했다. 실수로라도 강화를 성립시키지 않기 위해서는 신용하는 수중의 인재를 쓸 수밖에 없다.

“결코 저놈들의 비위를 맞추지 마라. 철저 항전을 원하도록 만들어라.”

“야만족을 부추길 만큼 부추기면 되는 것이지요.”

“그렇다. 다만 너무 화나게 해서 살해당하는 실수는 하지 마라.”

“알겠습니다.”

이리하여 강화 조건 검토 등을 마치고 몇 시간 후 사자가 나트라군이 농성하고 있는 광산으로 향하게 되었다.

니님은 회담장에 나타난 사자를 보고 첫눈에 강화할 마음이 없다는 것을 알아차렸다.

로건이라 이름을 댄 그 남자는 테이블 맞은편에 앉은 사람이 왕태자인데도 거만한 태도를 숨기려 하지도 않고 말했다.

“이번 교섭에서 제가 하는 말은 총지휘를 맡으신 드라우드 장군님의 말이라 생각해도 되실 겁니다. 그리고 웨인 전하, 여기 자리한 귀하의 개들을 조종하는 수완 하나는 훌륭하시군요. 드라우드 장군님도 높이 평가하셨습니다.”

이 말에 경비를 서고 있던 병사들의 혈압이 단숨에 최고조로 치솟았다. 웨인이 손으로 제지하지 않았다면 로건은 꼬챙이에 꿰인 신세가 되었으리라.

 "그래서 로건 경, 오늘은 무슨 용건으로 찾아오셨는지? 설마 우리를 도발하려는 이유만으로 산을 올라오지는 않았을 텐데?"

 "물론 그런 무익한 짓에 시간을 낭비하는 풍습은 마덴에 없습니다. 제가 여기 온 것은 강화를 맺기 위해서입니다."

 그렇게 말은 했지만 당연한 듯이 내민 강화 조건은 터무니없었다.

 광산에서 즉시 철수, 무기 포기, 광산 주민 반환, 거기에 부당하게 광산을 점거했던 일에 대한 배상금 청구. 받아들이게 할 마음 따위는 전혀 없다는 것이 선명하게 전해져 온다.

 "어떻습니까? 웨인 전하."

 "유감이지만 그 조건으로 강화는 바랄 수 없겠군."

 당연히 이야기는 그렇게 되었다.

 "우리로서는 최대한 양보했다고 생각하는데 말입니다. 이 이상 전쟁을 계속했다간 머리와 몸이 분리된 채로 조국에 돌아가게 될지도 모릅니다?"

 "무서운 이야기로군. 하지만 로건 경, 내 예상으로는 나는 의기양양하게 우리 나라로 돌아갈 수 있을 듯한 기분이 드네만."

 "과연, 역시 귀하 주위에는 개들밖에 없는 모양입니다. 노파심에서 충고드리는데, 전하는 자신의 실수를 고쳐 주는 인간을 곁에 두시는 게 좋을 겁니다."

로건은 자리에서 일어섰다. 회담은 백지로 끝났다는 신호인 듯하다.

'정말이지 시간 낭비였어.'

니님은 마음속으로 한숨을 쉬면서 회담 장소를 정리할 순서를 머릿속으로 그려보기 시작했다.

하지만 그때 예상 밖의 일이 일어났다. 로건이 발을 멈추고 되돌아보는가 했더니, 니님을 흘끗 보면서 내뱉은 것이다.

"특히, 거기 재투성이는 시급히 내쳐야겠지요. 그런 미천한 노예를 곁에 두다니 도저히 고귀한 혈통이 할 일이라곤 생각할 수 없군요."

"_____."

그때, 그 자리의 공기가 얼어붙은 것을 아마도 로건은 깨닫지 못했으리라.

니님은 재빨리 웨인에게 말을 걸려고 했지만, 목구멍까지 튀어나왔던 말은 가로막혔다. 바로 옆에 있는 소년의 등에서 정체를 알 수 없는 귀기가 흘러나오는 것을 느꼈기 때문이다.

"로건 경."

웨인의 목소리는 놀랄 정도로 담담했다.

"처음에 했던, 귀하의 말은 드라우드 장군의 말이라고 했던 그 말…… 확실한가?"

"그렇습니다만. 왜 그러시는지?"

"아니, 좋네. 장군에게 부디 몸조심하라고 전해 주게."

로건은 수상쩍다는 표정을 지었지만 그대로 사라졌다.

하지만 로건의 모습이 보이지 않게 되고 나서도 웨인은 자리에 앉은 채 움직이려 하지 않았고, 주위가 긴장에 감싸인 와중에 니님은 결심을 다졌다.

"저, 전하, 저어."

"미안하구나, 니님."

니님의 말을 자르듯이 웨인이 말했다.

"지바 때는 그렇지도 않았기에 방심하고 있었다. 역시 서쪽에는 플람 사람에 대한 편견이 뿌리 깊어. 생각 없이 자네를 서쪽 인간의 눈에 닿게 해서 불쾌하게 만들어 버렸군."

"아, 아니요, 그렇지는……."

"다음부터는 조심하도록 하지. 그럼 이곳의 정리를 부탁하네. 나는 먼저 위로 돌아가겠다."

"……예."

웨인은 자리에서 일어나 광산 정상을 향해 걸어갔다.

정리를 명령받은 니님은 그의 등을 배웅할 수밖에 없었고, 이윽고 목소리가 닿지 않는 거리가 됐을 때 웨인은 호위 병사에게 말했다.

"라클룸을 불러라."

회담으로부터 며칠 후, 마덴군은 공세를 위한 준비를 완료했다.

광산을 무대로 한 이 전쟁은 최종 국면을 맞이하려 하고 있었다.

◆ ◇ ◆

"장군님, 전 부대 배치가 완료되었습니다!"

"준비한 사다리도 각 방면에 빠짐없이 배치되었습니다."

"남은 것은 장군님의 호령을 기다리는 것뿐입니다."

도열한 지휘관들이 제각기 보고하는 곳에 선 사람은 드라우드.

그는 크게 숨을 내쉬고 모두에게 힘 있는 시선을 향했다.

"개전으로부터 3주간. 헛되이 시간을 소모하고 말았다."

금방 끝날 터였던 전쟁은 꼬이고 또 꼬였다. 비열한 간계 때문에 병사는 줄어들었고 윤택했던 물자는 이제 바닥을 드러내고 있었다.

"모든 것은 내가 부덕한 탓이다. 자네들에게는 수고를 끼쳤군."

이기는 게 당연한 전쟁을 이렇게나 오래 끌고 만 것이다. 아마도 자신에게 제대로 된 포상은 내려지지 않으리라. 그러기는커녕 전범이 되어 벌을 받을 가능성마저 있었다.

하지만 이제는 그래도 상관없다. 적을 해치울 수만 있다면 그래도 좋다.

"굴욕의 시간은 오늘까지다. 석양이 지기를 기다릴 것도 없이, 야만족들의 피로 이 산은 붉게 물들 것이다. ──시작하라!"

"“예!”"

태양이 중천에 빛날 무렵, 광산을 노리는 마덴군의 총공격이 시작되었다.

마덴군 총공격 소식은 곧바로 산 정상에 있는 웨인에게 전해졌다.

"왔나."

웨인은 작게 중얼거리고 전령에게 빠르게 지시를 내렸다.

"광산 하부의 방어 진지는 파기한다. 병사를 위로 모아 방어를 굳건히 하라."

"예!"

"광부에게 말해 중턱까지의 갱도를 무너뜨려라. 광산 내부에 적이 들어오지 않도록."

"바로 완료하겠습니다!"

전령이 천막에서 뛰쳐나가고 남은 니님이 웨인에게 말했다.

"버틸 수 있어?"

"힘들겠지."

웨인의 대답은 간결했다.

"적의 침입 루트를 산길로 한정해서 전황을 유지해 온 거야. 산길이 아닌 곳에서 쭉쭉 올라오면 병력 차이로 승부가 나겠지. 그렇게 되면 승산은 없어."

"단, 이대로라면. 그렇지?"

"맞아."

웨인은 씨익 웃었다.

"이곳의 지휘는 바칼에게 맡긴다. 니님은 바칼의 보좌를 맡아 줘."

"알았어. ──죽지 마, 웨인."

"심장이 여기 남아 있는데, 죽을 이유가 어디 있겠어."

웨인은 니님의 머리를 가볍게 쓰다듬고 천막 밖으로 나갔다.

그곳에 기다리고 있던 사람은 라클룸이었다.

"전하."

"라클룸, 준비는?"

"완벽합니다. 언제든 나갈 수 있습니다."

웨인은 만족스럽게 고개를 끄덕였다.

"그럼, 그놈의 멍청한 면상을 구경하러 가지."

광산의 전황은 일방적이었다.

산길이라는 제한에서 풀려난 마덴의 군세는 온 광산에 긴 사다리를 걸치고 잇따라 경사면을 달려 올라갔다. 그 광경은 마치 설탕의 산에 몰려드는 개미 떼 같았다.

아무리 마덴에 비해 훈련도가 높은 나트라 병사라 해도 중과부적이었다. 광산 위쪽에 뭉쳐서 물리치려 하고 있지만 조금씩 숫자가 줄어드는 것을 기슭에서도 알 수 있었다.

"장군님, 각 방면에서 우리 군이 압도하고 있습니다!"

보고하러 온 전령의 목소리도 들떠 있다. 마덴 측으로 전황이 기울었다는 것은 누가 봐도 확실해 보였다.

"이거라면 함락은 시간문제로군요."

드라우드의 보좌로 본진에 남아 있는 지휘관들의 표정도 밝았다.

드라우드는 그런 그들을 훈계하듯이 강한 어조로 말했다.

"방심하지 마라. 궁지에 몰린 야만족이 자포자기해서 무슨 짓을 일으킬지 모른다."

그리고 질문을 던졌다.

"광산 뒤편은 확실히 제압하고 있겠지?"

"예. 만에 하나 적이 뒤쪽으로 도망치려 해도 발을 묶을 수 있는 병력을 배치했습니다. 지휘도 로건 님이 하고 계시니 문제없습니다."

"그럼 됐다. 이제 저놈들을 놓치는 어설픈 짓은 하지 않겠다. 전원 이 땅에서 시체로 만들어 주마."

드라우드가 그렇게 기염을 토하고 있는데, 몇 기의 마덴 병사가 이쪽을 향해 달려오는 것이 보였다.

"장군님! 드라우드 장군님은 어디 계신가?! 로건 대장님에게서 긴급 연락입니다!"

울림이 좋은 목소리가 모두의 귀에 꽂혔다. 지휘관들은 얼굴을 마주 보았고, 긴장감이 퍼졌다. 이 전쟁이 시작된 이래로 긴급 연락은 나쁜 일뿐이었다. 설마 광산 뒤편에 무슨 일이 있었던 것인가.

"……이야기를 듣지. 전령을 불러와라."

"예, 예엣! 이봐 거기, 장군님은 여기 계신다!"

지휘관에게 불린 전령들은 말에서 내려 드라우드 앞까지 뛰어

와서 무릎을 꿇었다.

"보고하라. 로건이 뭐라고 했나."

"예, 그것이……."

말하면서 전령은 배낭을 내려 아무렇지 않은 동작으로 그 속의 내용물을 내던졌다.

로건의 잘린 목이 드라우드의 눈앞에 굴러떨어졌다.

어——? 늘어서 있던 모두의 사고가 정지했다.

그 간격을 찌르고 전령이 땅을 찼다. 동시에 발검. 물 흐르듯 정제된 동작.

"——저세상에서 만나자더군."

쇠로 된 칼날이 드라우드를 어깨부터 비스듬히 베었다.

드라우드가 경악에 눈을 부릅뜨며 뒤로 쓰러졌다.

땅과 부딪친 갑옷이 날카로운 소리를 내고, 얼어붙었던 주위의 시간이 겨우 움직이기 시작했다.

"네, 네놈, 무슨 짓을—— 컥?!"

지휘관들이 검 손잡이에 손을 올렸지만 검을 뽑기도 전에 남은 전령들이 그들을 베어 넘겼다. 거기에 천막 밖에서도 창이 지휘관들을 찔러 순식간에 죽였다.

"전하, 정리됐습니다."

"수고했다."

드라우드를 벤 남자는 짧게 대답했다. 그리고 그는 쓰러진 드라우드를 보았다.

"……어라, 아직 살아있나."

갈라진 갑옷 틈새로 대량의 피를 흘리면서도 틀림없이 드라우드는 숨을 쉬고 있었고, 시선을 습격자에게 보내고 있었다.

"역시 내 칼솜씨는 안 되겠군. 변변치가 않아."

"큭…… 쿨럭. 네, 네놈은……."

"뭐야, 내가 누군지 궁금한가?"

남자는 투구를 벗었다. 아직 소년이라 할 수 있는 앳된 얼굴. 그 얼굴을 드라우드는 본 적이 있었다. 마덴 병사의 복장을 하고 있지만 틀림없다.

"네놈…… 웨인이냐……!"

"이렇게 얼굴을 맞대고 만나는 건 처음이군, 드라우드 장군."

투구를 내던지고 웨인 살레마 아바레스트는 씨익 웃었다.

◆ ◇ ◆

"어떻게, 어떻게 네놈이 여기……!"

"그야 네 목을 따러 왔으니까. 안 되지, 드라우드. 아무리 승부에 나섰다고 해도 본진의 인원을 이렇게 줄이면."

"큭……!"

드라우드는 웨인을 노려보면서 그의 발밑에 굴러다니는 검에 신경을 집중했다. 상처가 타는 듯이 아프다. 입속은 쇳내로 가득하다. 하지만 저 검을 잡으면. 그리고 이렇게 대화로 시간을 벌면 누군가가 본진의 상태를 수상하게 여길지도.

"사람은 오지 않아."

꿰뚫어보는 듯한 목소리에 드라우드는 어깨를 떨었다.

"천막 주위는 내 병사들이 점거했고, 너희 병사들은 이놈이고 저놈이고 지금은 산 공략으로 머리가 가득 차 있지. 본진에 불길이라도 치솟지 않는 한 신경도 쓰지 않을 거다."

"아는 척하지 마라……!"

"알아. 내가 그렇게 되도록 만들었으니까."

"뭐라고?!"

경계를 풀지 않으려고 필사적인 드라우드에게 웨인은 어깨를 으쓱했다.

"어떻게 마덴군을 계속 억압해서 오늘 이 날의 해방감에 푹 빠지게 만들 것인가. 그게 이 전쟁에서 내 기본적인 계획이었다. 재미있게도 열세일 때보다 우세일 때 더 자제하기가 힘들지. 마침내 맞이한 오늘의 대공세로 마덴군은 말단 병사에서부터 중추인 너희까지 모두 들떴다. 3주간 위에서 너희를 관찰했던 나에게 들뜬 너희의 허점을 간파하는 일 따윈 간단해."

"……."

반론하려고 입을 열었지만 실제로 지금 이런 상황이다. 드라우드는 분한 듯이 실마리가 없을까 머리를 굴리다가 생각이 닿았다.

"그러나! 그러나 너희가 적은 병력으로 산을 내려온 것은 확인했을 거다. 부대를 지휘하는 자에게 그 정보가 들어가면."

"그럴 일 없어. 우리는 산을 내려오지 않았으니까."

드라우드의 눈이 요동친다. 산을 내려오지 않았다면 어떻게 그들이 이곳에 도착한 것인가.

"동굴의 갱도를 기억하겠지."

드라우드는 몽롱해지기 시작한 의식 속에서 그의 말을 곱씹었다.

"윽…… 아, 아니, 거기는 암반을 치우는 데 몇 개월은 걸린다고……."

"그 옆이야."

웨인은 즐겁다는 듯이 말했다.

"그 갱도 옆을 지나가도록 사전에 광부들이 파놓도록 했지. 광산 내부에서 동굴 바로 직전까지 이어지는 갱도를."

"_____."

드라우드의 어깨가 떨렸다.

"설……마."

"그래. 그 붕괴는 마덴 병사를 줄이는 것이 목적이 아니었다. 붕괴를 알려서 동굴의 존재를 너희 의식에서 지우기 위한 거였지."

드라우드는 군인으로서 자신이 쌓아온 수많은 것들이 소리를 내며 무너져 가는 것을 느꼈다. 장수로서 모든 부분이 이 소년에게 미치지 못한다는 것을 어쩔 도리도 없이 깨달았다.

"그다음은 남은 부분을 마저 파서 개통하고, 너희 장비를 입고 밖으로 나오면 누구도 우리를 나트라 병사라고 의심하지 않지. 이동 도중에 로건을 발견한 건 우연이었지만 말이야."

"……전부, 네놈의 손바닥 위였다는 건가."

본다. 발밑의 검. 몸은 아직 움직인다.

인정하자. 장수로서는 졌다. 하지만 저 검은 손이 닿는 거리에 있다.

"흐……흐흐, 쿨럭, 흐하하하하하."

피를 토하며 드라우드는 웃었다.

웃고, 웃고, 웃고,

"하──아아아아아아아아아아아!"

남은 모든 기력을 쥐어짜 웨인의 발밑에 있는 검에 달려들었다.

"뭐, 사실 내가 나설 예정은 아니었지만──."

웨인의 검이 드라우드의 몸통을 꿰뚫었다.

"내 심장을 모욕하는 놈은 남김없이 죽이겠다고 정했거든."

일섬.

드라우드의 육체가 양단되어 바닥을 굴렀다.

"잘 가라, 드라우드."

웨인은 검의 피를 닦고 검집에 넣었다.

옆에서 전령의 투구를 벗은 라클룸이 공손히 절했다.

"훌륭하십니다, 전하."

"이 정도로 훌륭하다 할 수 있겠나. ……아니, 왜 울고 있는 건가, 라클룸."

"죄송합니다. 전하의 아름다운 검술에 마음이 떨려서……."

"……뭐 좋다. 슬슬 도망치자. 말은 그렇게 했지만 로건이 없어진 걸 깨달은 뒤편의 부대가 이쪽으로 사람을 보낼지도 모른다."

"이후로는 예정대로, 불을 지르면서 갑니까?"

"그래. 식량과 자재를 중심으로 불을 붙인다. 얼른 이쪽의 이변을 알아차리고 동요해 주지 않으면 지금도 싸우고 있는 우리 병사들이 죽을 테니 말이야. 간다."

"옛!"

웨인 일행은 재빨리 말이 있는 곳까지 돌아가 쌓아 놓았던 횃불로 천막에 불을 붙였다.

불은 순식간에 퍼져, 드라우드 일행의 시체는 타오르는 불꽃에 삼켜졌다. 그리고 불꽃과 연기는 하늘 높이 올라 광산 위쪽에서 싸우던 병사들에게도 전해졌다.

"이, 이봐 저거." "불타는 게 우리 본진 아니야?" "이럴 수가, 설마 또 적병이?!"

이전에 야습으로 불이 났던 일은 마덴 병사 모두가 기억하고 있다. 그래서 불꽃으로 인한 공포와 혼란은 곧장 전파되었고, 게다가 상황을 확인하러 갔던 전령에게 드라우드를 필두로 한 지휘관들의 죽음이 알려지자 대열은 치명적으로 흐트러졌다.

계속 항전하길 바라는 자, 후퇴를 시도하는 자, 그저 멍하니 있는 자—— 통솔을 잃은 마덴 병사들에게 나트라군을 쳐부술 힘은 없었고, 마덴군은 수많은 희생자를 내면서 굴러떨어지듯이 산기슭까지 퇴각하게 되었다.

웨인 일행이 산 정상으로 귀환하는 데 성공한 것은 날이 저물기 시작했을 무렵이었다.

아직 격전의 열기가 식지 않은 그곳에 돌아오자마자 갈채를 보내는 병사들이 맞이했다.

"오오! 전하의 귀환이시다!"

"전하, 무사하셔서 다행입니다!"

"전하의 멋진 화계(火計)로 마덴군이 물러났습니다!"

병사들은 대부분이 상처를 입었다. 사망자도 적지 않으리라. 그런데도 표정에는 활기가 감돌고, 입을 모아 웨인의 무사를 기뻐하며 그를 칭송했다.

"다들 잘해 주었다! 오늘의 싸움은 마덴에 커다란 타격이 되었음이 틀림없다! 승리가 가깝다! 여기를 최후의 고비라 생각하고 단단히 정신을 차려라!"

"오오오오오오오오오!"

병사들의 함성이 지면을 진동시켰다.

그리고 웨인이 병사들 한 명 한 명에게 짧게 말을 걸며 안쪽으로 나아가자 그곳에 노장 바칼이 기다리고 있었다.

"바칼, 내가 없는 동안 잘해 주었네."

"황송한 말씀이십니다."

바칼은 공손히 절했다.

"현재 상황을 듣고 싶네. 마덴은 어쩌고 있는가?"

"예. 광산의 포위를 풀고 산기슭에서 조금 떨어진 평지에 모여 있습니다. 현재는 공세로 나올 기색이 없습니다."

"지금쯤 누가 지휘를 대행할지, 전쟁을 계속할지로 다투고 있을 테니 말이야."

"전하는 마덴이 전쟁을 계속할 거라 생각하시는지요?"

"아니, 그러지 않을 것이네."

웨인은 단언했다.

"오늘 마무리 짓겠다고 큰맘을 먹은 전투에서 대패해 병사들의 사기는 최악이네. 물자도 대부분 불탔지. 적 지휘관들은 죽은 드라우드에게 모든 책임을 뒤집어씌우고 철수하길 선택하겠지. 여기서 지휘를 잡았다가 지기라도 하면 자신이 패전의 책임을 짊어지게 될 테니 말이야."

"그렇겠지요."

바칼은 고개를 끄덕였다.

'그리고 그 후에 시작될 화친 교섭…… 나에게는 그게 본게임이다.'

이번에야말로 실패해서는 안 된다.

가진 기술을 모두 구사해서 이 겉으로는 번듯해도 실은 싸구려인 광산을 마덴에 팔아치우는 거다.

'그러기 위해서도 이제 준비를 해야 해. 니님에게도 도와달라고 해서……'

거기까지 생각하다가 웨인은 문득 깨달았다.

"그러고 보니 니님은?"

"니님 님은 각 부대의 피해 상황에 관해 세밀한 조사 중입니다. 곧 돌아올 겁니다."

"그런가. 그럼 니님이 돌아올 때까지 승전을 미리 축하하며 술이라도."

마실까, 하고 말하려 했을 때 산 정상 끝에서 술렁임이 전해져 왔다.

웨인과 바칼은 눈을 마주치고 즉시 술렁이는 방향으로 향했다.

"왜 그러나, 무슨 일이 있었지?"

"아, 저, 전하, 그것이…… 저것을 봐 주십시오."

감시병은 마덴군이 주둔하고 있는 평지를 가리켰다. 그 장소를 보고 웨인은 놀라 눈동자가 흔들렸다.

마덴군이 광산에서 멀어지려 하고 있었다.

"이건…… 철수할 작정인가?"

나트라군에게 등을 보이고 본국으로 향하려는 모습은 틀림없이 철수하는 군대의 모습 그대로였다.

하지만 웨인은 우려를 품었다. 철수하는 것은 좋다. 하지만 판단이 너무 빠르다. 이만큼 신속하게 의견을 정리하고 결단을 내릴 수 있는 인재는 드라우드와 함께 처리했을 터이다.

"바칼, 저것이 우리를 속이려는 위장이라고 생각하는가?"

"……아니요, 저 모습은 정말로 철수하는 것이라 여겨집니다. 지금 마덴군의 상태로는 그런 장난질을 치려 해도 병사가 따라가지 못하겠지요."

"…………."

'으으음.' 하고 웨인은 속으로 신음했다.

마덴군이 조기에 철수하는 것에 불만은 없다. 철수가 빠를수록 화친 교섭 개시도 빨라진다. 하지만 역시 뒤에 뭔가가 있는 게 아닌가 하는 생각이 든다.

"전하, 저어, 황공하오나."

갑자기 옆에 있던 병사가 쭈뼛쭈뼛 입을 열었다.

"이건 즉, 우리가 이겼다는 것일까요……?"

깨닫고 보니 웨인 주위에는 수십 명의 병사들이 모여들어 떠나가는 마덴군과 웨인을 번갈아 쳐다보고 있었다.

그들에게 뭐라 말해야 할까. 웨인은 잠시 생각하다가 결정했다.

"모두 들어라! 마덴군은 우리에게 등을 보이고 도망치려 하고 있다!"

끌어 올린 웨인의 목소리에 멀리 있던 병사들도 얼굴을 든다.

"어쩌면 비열한 책략의 포석일지도 모른다! 그러나 그런 것에 기댈 수밖에 없는 시점에서 이미 우리를 당해 내지 못한다고 스스로 인정한 거나 다름없다!"

웨인은 강하게 말했다.

"그러니, 나는 여기서 단언한다! ──이 전쟁은, 우리 나트라군의 승리라고!"

광산이 고요에 잠겼다.

그리고 다음 순간, 병사들에게서 폭발한 듯한 환성이 올랐다.

"승리의 함성을 올려라! 도망치는 마덴 병사들에게 우리가 바로 승자라는 것을 알리는 거다!"

웨인이 부추기자 병사들이 입을 모아 승리의 함성을 올렸다. 바로 곁에서 들으니 뼛속까지 떨릴 정도다.

"괜찮으시겠습니까?"

바칼의 귀엣말에 웨인은 고개를 끄덕였다.

"저쪽이 수작을 부리고 있다 해도, 곧바로 걸어올 것이 틀림없네. 그렇다면 사기를 올려 두는 것도 방법중 하나겠지. 바칼, 부디 경계를 게을리하지 말도록."

"예."

바칼은 공손히 고개를 끄덕였다.

그때 병사들 사이를 이리저리 가로질러 니님이 숨을 헐떡이면서 나타났다.

"전하, 여기 계셨습니까."

"니님인가. ……왜 그러지, 무슨 일인가?"

웨인은 그녀의 모습에서 심상치 않은 기색을 느꼈다.

"피해 조사를 하고 있었다고 들었는데, 예상 이상으로 심각했나?"

"아니요. 그 점은 오히려 예상보다 경미했습니다."

니님은 고개를 젓고, "하지만." 하고 말을 이었다.

"문제는 그 부분이 아닙니다. 전하, 방금 마덴 왕도에 심어 두었던 밀정에게 연락이 들어왔습니다."

"호오. 설마 프슈탈레가 분노한 나머지 가신 학살이라도 시작했나?"

"함락되었습니다."

"……………………"

웨인은 니님의 말을 곱씹는데 몇 초의 시간이 필요했다.

"함락?"

"예."

"마덴의 왕도가?"

"예."

"……어디한테, 어떻게?"

"마덴의 인접국인 카바린이었습니다. 이쪽으로 대병력을 보냈기 때문에 습격을 받고도 제대로 저항하지 못하고 그대로……. 프슈탈레 왕도 사망했다고……."

"…………."

'마덴은 대체 뭘 하는 거냐, 프슈탈레는 얼마나 바보인 거냐.' 하는 매도가 무시무시한 속도로 웨인의 머릿속을 돌아다니는 와중에, 그의 두뇌는 가장 중요한 문제에 도달했다.

"저기 니님…… 나, 이담에 마덴과 화평 교섭을 할 작정이었잖아."

과도한 충격에 평소의 말투를 쓰면서 웨인은 쥐어짜듯이 말했다.

"이렇게 되면, 교섭 같은 건, 어떻게 될 것 같아……?"

니님은 약간 눈을 피하면서 쭈뼛쭈뼛 대답했다.

"화평할 상대가 멸망해 버렸으니, 아마도 흐지부지되지 않을까요……."

"…………."

그렇구나~.

흐지부지됐구나~.

웨인은 작게 한숨을 내쉬며 하늘을 올려다보았다.

그리고 외쳤다.

"이, 게, 뭐야아아아아아아아아아아?!"

웨인의 절규는 병사들의 승리의 함성 속에 삼켜져 허무하게
사라졌다.

　대륙 최북단의 나라인 나트라 왕국은 당연히 여름이 짧다.

　햇볕이 강해지고 초목의 녹색이 짙어졌나 싶으면 눈 깜짝할 사이에 가을과 겨울이 찾아온다. 그런 기후다.

　하지만 그렇기 때문에 왕국민들은 있는 힘껏 여름을 즐긴다. 한번 시내로 나가 보면 활기차게 지내는 사람들의 모습을 온갖 곳에서 볼 수 있으리라. 축제도 개최되어 이 시기의 나트라 왕국은 밤늦게까지 웃음소리가 끊이지 않는다.

　하지만 그런 성 아래의 모습과 상반되게, 웨인은 집무실 책상에 푹 엎드려 의기소침한 상태였다.

　"왜 이렇게 된 거야……."

　질라트 금 광산을 둘러싼 마덴과의 전쟁에 결착이 난 지 한 달.

　광산 방어를 위해 바칼을 남기고 웨인은 왕국으로 귀환, 잔뜩 쌓인 정무를 닥치는 대로 정리하며 마덴의 정보를 계속 수집했다.

　마덴이 인접국 카바린에게 멸망당했다는 소식은 곧바로 온 대륙에 퍼졌다.

　북방의 소국이라 해도 나라는 나라. 한 나라가 멸망해 역사가 끊어졌다면 국정에 관계되는 자는 누구라도 흥미를 가지리라.

특히 마덴에는 금 광산이 있었다. 이를 둘러싸고 나트라 왕국과 싸웠던 것은 누구나가 아는 사실이지만, 이 광산의 처우가 어찌 될지에 주목이 쏟아졌다.

사실상 광산을 점령한 나트라 왕국. 그것을 인정하지 못하고 싸웠던 마덴 왕국. 그 마덴을 멸망시킨 카바린. 자연스럽게 생각하면 나트라의 땅이 될 것 같지만——카바린이 그것을 인정할지 어떨지, 즉 그 부분이었다.

그리고 바로 오늘 나트라와 카바린의 회담이 열렸고, 결론이 났다.

"——실례합니다."

집무실 문을 열고 나타난 사람은 니님이었다. 그녀는 책상에 엎드린 웨인의 모습을 보자마자 알겠다는 얼굴이 되었다.

"카바린 사자와의 회담, 잘 안 됐어?"

"……잘 안 됐어."

신음하듯 대답한 후 웨인은 벌떡 일어나 천장을 올려다보았다.

"광산을 못 팔아치웠어어어어어어어! 제기라아아아아아알!"

마덴과 강화를 맺어 고갈되기 시작한 광산을 비싼 값에 팔겠다는 계획은 마덴이 카바린에 멸망하면서 아쉽게도 무너졌다.

그러나 웨인은 포기하지 않았다. 카바린 입장에서 보면 마덴의 금 광산은 무슨 수를 써서라도 꼭 갖고 싶을 터. 오히려 손에 넣는 것을 고려하고 침공한 것이리라. 그들의 시나리오로는 나트라군에 승리했지만 적지 않은 희생을 치른 마덴군을 쳐서 광산까지 한꺼번에 마덴을 손에 넣을 작정이었을 것이다.

그렇다. 예정이 어긋난 것은 카바린도 마찬가지다. 카바린은 무력을 써서라도 광산을 손에 넣고 싶을 것이다. 하지만 예상을 벗어난 전쟁은 망설이게 되는 법이다.

　그래서 웨인은 파고들 틈이 있다고 생각해 곧바로 카바린에게 사자를 보내서 회담 자리를 마련할 것을 시도했다. 광산을 비싼 값에 카바린에게 팔아치우기 위해서였다.

　하지만 계획은 성공하지 못했다.

　"카바린 쪽이 마덴의 왕족을 놓친 것 같다는 이야기가 있잖아?"

　"그래, 밀정의 정보에 있었어. 광산에서 철수한 마덴군을 한데 모아서 숨기고 카바린에 저항 운동을 하고 있다던가."

　"아무래도 그걸 억누르는 데 상당히 애를 먹고 있는 모양이야. 우리 나트라까지 두 개의 전선을 펴는 건 곤란해서 불가침 조약을 맺는 데 전력을 다하는 듯했어. 한사코 광산은 나트라 것이라고 말해서 파고들 틈도 없었다고."

　"어머 저런."

　카바린은 서쪽 나라이기 때문에 니님은 이번 회담에 참석하지 않았지만, 분명 그때의 웨인은 벌레 씹은 얼굴을 하고 있었으리라 생각해 작게 웃었다.

　"저기요? 웃을 일이 아니거든요? 이 자료 좀 봐, 니님. 이번 전쟁에서 소비한 사람, 물자, 돈! 덤으로 국고는 텅텅! 그런데 성과는 말라붙은 광산뿐이야! 아아아아아진짜아아아아아!"

　니님은 머리를 쥐어뜯으며 몸부림치는 웨인에게 다가가 종이 다발을 코앞에 들이밀었다.

"그럼, 자. 웨인에게 선물."

"이게 뭐야, 3만의 군세에 승리한 완전 멋진 나에게 여자아이가 보내는 러브레터?"

"그랬다면 찢어서 버렸지. 펠린트가 보낸 보고서야."

그 전쟁에 참가했던 광부들에게는 포상을 내렸다. 대표자 격인 펠린트는 광산 감독관으로 고용했다.

"보고라니 어차피 대단한 내용도…… 응?"

빠르게 자료를 넘기던 웨인의 눈길이 멈췄다.

"새로운 광맥 발견이라고…… 어, 진짜로?"

"독자적으로 조사했는데, 진짜인 것 같아. 아무래도 전성기만큼이라고는 못하겠지만, 흑자는 될 것 같아."

"오오오오오……."

웨인은 의자 등받이에 기대 크게 한숨을 내쉬었다.

"군부에 광산이 꽝이었다고 말할 타이밍을 생각 중이었는데, 아무래도 아슬아슬하게 목이 붙은 모양이군."

"지금의 웨인의 명성이라면 광산이 없었어도 괜찮을 것 같은데? 백성을 아끼고, 전쟁에도 강하고, 정치 수완도 일류급이고, 건국 이래 최고의 명군이 될 거라는 평판인걸."

"아니, 그런 평판 따윈 어차피 일시적인 거야. 하지만 실패는 언제까지나 질질 따라오니까. 방심은 금물이야, 니님."

완고하게 물러서지 않는 웨인의 태도에 니님은 쓴웃음 섞인 한숨을 쉬었다. 전쟁에서는 대담한 작전을 세우면서 평상시로 돌아오면 이런 꼴이다. 하지만 그런 식으로 언제나 국난을 헤쳐

나왔으니 이것도 틀리지는 않았으리라.

"그나저나 그렇군, 광산을 쓸 수 있는 건가. 그럼 조금 여유가 생기겠네. 돌아온 뒤로 계속 바빴으니까 이쯤에서 잠깐 휴식이라도……."

"안 돼."

니님은 웨인 앞에 서류의 산을 턱 놓았다.

"……이걸 정리하면 쉴 수 있어?"

"아니, 다음 게 올 거야."

"……."

"그 밖에도 동쪽 나라들의 대사들에게서 면담 요청, 문관에게서 예산 재편성에 관한 상담, 소모된 군비 보충 문제도 올라왔어. 아, 그리고 플라냐 님이 쓸쓸해 하더라. 전쟁으로 연기된 마을 시찰도 해야 하고. 아직 할 일은 잔뜩 있어."

줄줄이 늘어놓는 과밀한 스케줄.

전쟁이라는 국난을 헤쳐 나왔음에도 잇따라 나타나는 난제에 웨인은 작게 한숨을 내쉬고 외쳤다.

"나라 팔아치우고 튀고 싶다아아아아아아아아!"

웨인의 절실한 통곡은 허무하게 허공으로 사라져 갔다.

어스월드 제국 황제 붕어로부터 시작된 대륙 전체의 동란.

후세에 현왕대전(賢王大戰)이라 불리는 시대가 막을 올리려 하고 있었다.

©Falmaro

후기

처음 뵙겠습니다, 혹은 오랜만입니다. 토바 토오루입니다.

이번에 『천재 왕자의 적자국가 재생술 ~그래, 매국하자~』를 구매해 주셔서 진심으로 감사드립니다.

본작은 어떠셨는지요.

이 작품의 장르는 이른바 국가 운영물입니다.

국가 운영. 이렇게 쓰면 그냥 막연하게 어려워서 힘들겠구나 하는 이미지가 먼저 떠오르고, 여러모로 조사해 보니 실제로 힘든 사업인 듯합니다.

하지만 동시에 국가란 결코 인간의 지식이 미치지 않는 존재가 움직이는 것이 아니라 어디까지나 사람의 손으로 이루어지는 것입니다.

그렇다면 필사적으로 고민해 한 가지 사항을 결정했는데 뚜껑을 열어 보니 실패였다는 경우도 있겠지요. 성공했다고 생각했는데 외국이나 자연 현상의 간섭으로 생각지도 못한 방향으로 굴러가는 일도 있겠지요. 반대로 유감없는 대성공을 거두어 스스로에게 갈채를 보내는 일도 있을 겁니다.

그런 희비의 교차를 많든 적든 독자 여러분도 체험한 적이 있으시지 않을까요. 국가 운영이라 해도 사람이 영위하는 일이라면 거기에는 관계된 사람들의 다양한 생각이 뒤섞여 있을 테니까요.

본작에서는 바로 그런 주인공의 희비 교차에 스포트라이트를 비추었습니다.

후기부터 훑어보시는 독자님이 계실지도 모르므로 이 자리에서는 자세히 설명하지 않겠지만, 국가 운영이라는 큰 임무를 짊어지고 애쓰는 주인공에게 애착을 가져 주신다면 작가로서는 과분할 정도로 감사할 따름입니다.

다른 이야기입니다만, 최근에 조금씩 멀리 나가 보기도 하고 그럽니다.

옛날에는 이보다 더 나가기 싫어하는 사람은 없다고 할 정도라 집에서만 지냈는데, 아무래도 이대로는 안 되겠다고 생각해서요. 당일치기할 수 있는 관광지를 여기저기 보러 다니거나 합니다.

행선지는 주로 신사나 절 같은 곳입니다만, 이렇게 관광지를 다니면서 무엇보다도 교통망이 충실하다는 점에 놀랍니다. 대부분의 장소에 전철로 몇 시간만 흔들리다 보면 도착한다니, 냉정하게 생각해 보면 대단한 일이지요.

이 이동 단축은 과연 어디까지 발전할까요. 최근에는 개인이 하늘을 나는 탈것도 쭉쭉 진보하고 있다고 들었고, 어쩌면 제가 살아있는 동안 공중 비행이 당연해질지도…… 아니 안 되려나……. 하지만 스마트폰이나 태블릿처럼 제가 어렸을 때는 상상도 하지 못했던 아이템이 지금은 당연한 듯이 있으니까 의외로 가능할지도요? 그리고 철도가 그렇게 된 것처럼 언젠가 전철도 향수와 함께 이야기될……지도 모르겠습니다.

개인적으로는 그런 변화가 기대도 되고, 젊을 때의 자신이 봐 왔던 상식이 바뀌는 것이 약간 불안하기도 하고…… 문명의 진보에 뒤떨어지지 않도록 정신을 바짝 차려야겠다고 생각합니다. 뭐, 아직 스마트폰도 안 가지고 있지만요.

자, 여기서부터는 감사와 선전을 하겠습니다.

먼저 담당 편집자 오하라 님, 이번 작품도 크게 신세를 졌습니다.

기획 단계에서부터 시작해 플롯과 본문에 이르기까지 많이 지적해 주셔서 감사합니다. 덕분에 작품으로서 크게 갈고닦을 수 있었고 또 독자 여러분께 전할 수 있었습니다. 앞으로도 잘 부탁드립니다.

일러스트레이터 파루마로 님, 멋진 일러스트 감사합니다.

작가로서는 역시 자기 작품에 일러스트가 들어가는 것은 신이 나는 일이라, 이번 작품도 편집자님이 일러스트를 보내 주실 때마다 쌍수를 들고 기뻐했습니다. 특히 권두 일러스트의 3페이지째가 말이죠, 좋네요, 네.

그리고 아는 작가분께도 다양한 의견을 들었습니다.

특히 아와무라 아카미츠 선생님께는 세세한 부분까지 조언해 주셔서 감사할 따름입니다.

그런데 그 아와무라 선생님의 신작 『백신 백년대전』이 6월에 GA문고에서 발간된다고 합니다. 신과 신이 세계의 패권을 둘러싸고 싸우는 배틀 판타지라는데, 개요만으로도 장대한 세계관이 강하게 느껴지는 작품입니다. 이건 체크해 놔야죠!

그리고 마지막으로 독자 여러분께, 이 책을 구매해 주셔서 진심으로 감사드립니다.

매월 출판되는 수많은 책들의 압도적인 물량은 독자 여러분의 눈에는 마치 책의 홍수처럼 보이겠지요. 그중에서 본작을 읽어 주신 것을 정말 영광으로 생각합니다.

앞으로도 재미있는 작품을 집필하는 데 매진하겠으니, 부디 잘 부탁드립니다.

그럼 또 다음 작품에서 뵙지요.

천재 왕자의 적자국가 재생술 ~그래, 매국하자~ 1

2021년 06월 25일 제1판 인쇄
2021년 07월 01일 제1판 발행

지음 토바 토오루 | **일러스트** 파루마로

옮김 박수진

발행 영상출판미디어(주)
등록번호 제 2002-000003호
주소 21311 인천광역시 부평구 평천로 132 (청천동)
전화 032-505-2973(代) | **FAX** 032-505-2982

ISBN 979-11-380-0189-2
ISBN 979-11-380-0188-5 (세트)

TENSAI OJI NO AKAJI KOKKA SAISEI-JYUTSU~SODA, BAIKOKU SHIYO~ Vol.1
Copyright ⓒ2018 Toru Toba
Illustrations Copyright ⓒ2018 Falmaro
All rights reserved.
Original Japanese edition published in 2018 by SB Creative Corp.

This Korean edition is published by arrangement SB Creative Corp., Tokyo
in care of Tuttle-Mori Agency., Tokyo through Yu Ri Jang Literary Agency, Seoul.

구매 시 파손된 도서는 구매처에서 교환하실 수 있습니다.
기타 불편사항, 문의사항이 있으신 독자님께서는 노블엔진 홈페이지 [http://novelengine.com] 에서
Q&A 게시판을 이용해 주시기 바랍니다.

노블엔진(NOVEL ENGINE)은 영상출판미디어(주)의 라이트노벨 및 관련서적 브랜드입니다.

제15회 MF문고J 라이트노벨 신인상 《최우수상》 수상작
2021년 7월부터 애니메이션 방영!

탐정은 이미 죽었다

1~3

◆

애니메이션 방영작

고등학교 3학년인 나, 키미즈카 키미히코는 한때 명탐정의 조수였다.

——"너, 내 조수가 되어줘."

시작은 4년 전, 지상 1만 미터 위의 상공. 하이재킹을 당한 비행기 안에서 나는 천사 같은 탐정 시에스타의 조수로 선택되었다.

그로부터 3년, 우리는 눈부신 모험극을 펼쳤고—— 죽음으로써 헤어졌다. 홀로 살아남은 나는 일상이라는 이름의 현실에 빠져 안주하고 있었다. ……그걸로 괜찮냐고?

괜찮고말고.

다른 사람에게 피해를 주는 것도 아니니까.

그렇잖아? 탐정은 이미, 죽었으니까.

니고 쥬우 지음 | 우미보즈 일러스트 | 2021년 7월 제3권 출간

청춘의 상상, 시동을 걸어라!

폐급 【상태 이상 스킬】로 최강이 된 내가 모든 것을 유린하기까지

1~2

반에서 공기 취급을 받는 소년, 미모리 토카는 수학여행 중에 난데없이 반 아이들과 함께 이세계에 소환당하고, 여신을 자칭하는 비시스의 앞에서 '폐급'【상태 이상】스킬과 함께 E급 용사 판정을 받는다.

그리고 반 아이들이 지켜보는 앞에서 '폐급'에 대한 본보기로 아무도 살아서 나온 적이 없다는 극한의 폐기 던전으로 추방당한다———

"나가 뒈져라, 빌어먹을 여신."
"내가 살아 돌아가면—— 각오해."

그리고 폐기 던전에서, 아무도 몰랐던 '폐급 스킬'의 진가가 밝혀지는데——

절망에 빠진 폐급 용사의 역습담, 개막!!

시노자키 카오루 지음 | KWKM 일러스트 | 2021년 7월 제2권 출간
청춘의 상상, 시동을 걸어라!

나의 여친 선생님

1~4

과거의 트라우마로 '선생님'이라는 사람들에게 불신감을 가지게 된 나, 사이기 마코토.

어느 날 방과 후, 인기 미인 교사, 후지키 마카 선생님에게 호출을 받았나 싶었더니——느닷없이 고백을 받았다?!

"네가 나를 좋아한다고 말할 때까지, 어떤 수를 써서든 계속 대쉬하겠어."

그날부터 지도라는 명목으로 방과 후에 호출하고, 어째서인지 함께 어른의 동영상을 보고, 지나친 스킨십을 하고, 데이트를 하자며 끌고 가는 선생님. 나는 그런 일들을 거치며 점점 선생님을 의식하게 되는데……?

하지만 선생님과 제자가 이러는 건 좀 위험하지 않아?

ⓒYu Kagami 2019
Illustration : Oryo
KADOKAWA CORPORATION

카가미 유우 지음 | 오료 일러스트 | 2021년 7월 제4권 출간
청춘의 상상, 시동을 걸어라!

전생종자의
블랙 크로니클
악정개혁록

1~2

좋아하는 여자 선배와 하교 중에 이세계로
전생한 유리. 몰락 귀족의 자식으로서 자신
이 섬기는 오만불손 귀족 영애를 만나러 가니
니…… 갑자기 자신에게 엎드려 빌었다?!

평소와 다른 귀족 영애의 상태에 당황하면서
도, 우연히 자신과 똑같이 전생한 선배임을 깨
닫는 나.

그런데 원래 세계로 돌아가려면 선배(=귀족
영애)가 모략과 결혼이 판을 치는 궁정에서 살
아남아야 한다고?!

**악역영애(=선배)를 섬기는 종자가 되어 배드
엔딩을 피해라!**

전생 주종의 이세계 생존기!!

카타리베 마사유키 지음 | 토사카 아사기 일러스트 | 2021년 7월 제2권 출간
청춘의 상상, 시동을 걸어라!